◆▶中国文学名家小小说精选丛书

光阴的故事

崔立 著

江西高校出版社
JIANGXI UNIVERSITIES AND COLLEGES PRESS

南 昌

图书在版编目（CIP）数据

光阴的故事 / 崔立著 . -- 南昌 : 江西高校出版社，2025. 6. -- (中国文学名家小小说精选丛书). -- ISBN 978-7-5762-5600-0

Ⅰ . I247.82

中国国家版本馆 CIP 数据核字第 2024JJ2671 号

责 任 编 辑　甘崇祥
装 帧 设 计　夏梓郡

出 版 发 行　江西高校出版社
社　　　址　江西省南昌市新建区工业二路 508 号
邮 政 编 码　330100
总 编 室 电 话　0791-88504319
销 售 电 话　0791-88505090
网　　　址　www.juacp.com
印　　　刷　鸿鹄（唐山）印务有限公司
经　　　销　全国新华书店
开　　　本　650 mm×920 mm　　1/16
印　　　张　13
字　　　数　160 千字
版　　　次　2025 年 6 月第 1 版
印　　　次　2025 年 6 月第 1 次印刷
书　　　号　ISBN 978-7-5762-5600-0
定　　　价　58.00 元

赣版权登字 –07-2024-985

CONTENTS
目　录

光 阴 的 故 事

◀ 悬　案
·················

壹

李树林静静地躺在我家客厅的沙发旁

李树林死了。就死在我家里。

下午，我接到李树林的电话，让我晚上带着妻子晓华一起去老福来饭店等他，他和老婆小美想请我们吃饭。我和李树林是好朋友，于是我老婆晓华和他老婆小美自然也成了好姐妹。我们两家经常来往，一有时间就找家饭店聚聚。老福来饭店是每次我们聚餐的重要一个点。

一般我们吃饭都约在晚上六点半左右。等过了七点了，李树林和小美还没来，我老婆晓华就问我，不会有什么事吧？我点点头，就拨了李树林的电话，电话一直响着，却没人接。

到七点半时，还没见李树林他们来。我又拨了李树林的电话，电话一直就这么响着，我连着拨了三个电话，都没人接。我想了想，就让老婆晓华拨李树林老婆小美的电话，晓华拨了电话，却只听见电话那端的声音：你所拨打的电话已关机。

老婆晓华看着我，说，怎么办？我说，要不再等等吧。我们一直等到八点半。在这段时间内，我一直不停地拨打着李树林的电话，可就是始终没人接。而老婆晓华，不时也会拨打小美的电话，一如既往地都是关机。

到八点半时，估计他们不会再来了。或许是遇上什么事了吧。我想。不过以前从没遇过这样的事啊。我让服务员给我包了一些点心，我和老婆在路上吃。

饭店到我家有半小时车程。我是差不多九点到家的。

到楼梯口时，我发现家里的门居然虚掩着，我转头就看身后的妻子晓华，我的意思是你早上没关好门吗？晓华看着那门，朝我摇摇头，有些颤抖地凑到我耳边说，不会遭贼了吧。我看着胆怯的老婆，心里莫名地有种男人的冲动，我很敏捷地到了门口，然后一脚踹向了门，边踹边大喊着，别动！

我冲进去后，屋内黑咕隆咚的。我摁亮了门口的灯，就看见李树林静静地躺在我家客厅的沙发旁，一动不动地。

我猛地看到这样一个场景，心里直有些发愣。好端端地，李树林约我们在饭店见面自己又不来，怎么又跑我家来了呢。我喊了他一声，树林……李树林还是没反应，于是我又大声喊了几声。李树林依然一点反应也没有。

妻子晓华听到声响，看到这一幕时，吓得顿时脸都白了。

好久，我凑上前去。就看到灯光下李树林苍白的脸，整个身体透着凛冽的寒光。我轻轻把手触到他的鼻息处，已然没有任何呼吸，我吓了一大跳，手不自觉地一颤抖，就不小心触到了他的皮肤。冷，那皮肤好冷。像冰一样的冷。在不远处，我还看到了李树林的手机，已经被摔坏了。可他身上没有任何血迹和伤痕啊，为什么就会死呢。

想着，我的冷汗顿时就下来了。我让晓华赶紧打"110"报警。晓华脸上早已惶恐一片，按号码的手也是颤抖的，就三个数字，她整整摁了十几秒。电话接通时，晓华已经哭了，哭着带着颤音说，死，死人了。然后她才断断续续地报着这里的地址。

警察很快保护了现场。救护车就跟在警车身后，然后救护车上也下来了一些人。我看着李树林被担架抬上了车。

而我和晓华也由几名全副武装的警察"护送"着进了警察局。

贰

如果是我杀了人，为什么还要将尸体留在家里呢

如我所料，警察很快把我和晓华作为第一、第二犯罪嫌疑人进行了重点盘查。在警察局里，我还见到了哭得死去活来的小美。

我被关进了一间禁闭的讯问室。一个戴着眼镜的警官坐在我面前的桌子前，问我案发当天在哪里？我想了想，把从案发当天上午七点准时去上班，直至5点半下班后直接打车去了好福来饭店的前前后后都说了。那位警官的脸显得有些凝重。毫无疑问，我肯定没有作案的时间。

那位警官问，李树林怎么能进你家？我说，由于前几天，我和妻子到外地旅游，屋里的小猫没人喂食，给了李树林一套钥匙，

让他过来帮我们喂猫。

接下来，警官又简单问了一些其他的情况，我都如实说了。说实话，整个被审讯的过程，对于我，是很悲痛的。我无法想象，昨天还是活生生的李树林，怎么一下子就死了呢？李树林一直是我这么多年来最好的朋友，现在，朋友居然是跑到我家里被杀了，而我，作为他最好的朋友，竟然是作为杀他最大的嫌疑人被接受着调查，这不能不让我感到伤心啊。

警官最后还说，他已经查过李树林今天的通话记录，在下午2点多时你们通过一个电话，并且在晚上7点到8点半之间，你连续打过17个电话给他，但他一直没接过，是吗？

我点了点头，说，是。

警官站起身来，说，谢谢你的配合。

警官让我暂时先可以回家，但在案件还没查出真相之前，都不许离开本市。他们将随时找我们了解情况。我说好。

在警察局的门口，我看到了憔悴不堪的妻子晓华，我有些心疼地拍了拍她的肩膀。晓华一见我，眼角的泪不自觉就涌了出来。我轻轻拥住晓华，告诉她要振作些，谁都无法预料到会发生这样的事来。

叁

难道希望凶手永远就这么逍遥法外吗

家里刚刚不明不白地死过人，是不能住了。我和妻子晓华是第二天一早回到我们居住的小区的，很多人都围观着看着我们，他们的表情都很复杂。甚至我还依稀能听到有人在说，杀人犯怎么回来了，是不是逃出来的？面对这样的话，我只好苦笑，或者说置之不理。门口还有警察把守着，我和晓华进屋简单收拾了一些东西，拿了点钱。这么大的事都发生了，我们暂时只能住到我父母那儿去。等这件事情告一段落了再说。

可这一住就过了一个月。我的朋友李树林的案子始终听不到任何的进展。我也曾去警察局找过办案的警官，警官看到我，只是一副公事公办的样子，说，如果他们有什么需要，会去主动找我的。

实在没办法，我只好去找李树林的哥哥李树木了。李树木是个警察，还是个刑警。我去找李树木时，我的心情是比较复杂的。复杂是因为我怕李树木也会像李树林的妻子小美一样拽住我来抓我。如果李树木要动手，就不是拽和抓那么简单了。李树木的铁拳和他的破案能力一样有名。而且李树木还配有枪，想要取我的命，对他而言真是太简单了。

我敲了李树木办公室的门。

我听到李树木一声铿锵有力的"进来"后，我就进了屋。李树木正忙着在写什么，见是我来了，居然没有任何的吃惊，只是朝我点了点头，很平静地说了句，坐吧。

我愣了，忍不住问他，你知道我会来？

李树木点点头，说，是。

我朝李树木苦笑了笑，说，对不起。但，我也不知道那天是怎么回事，树林约了我见面，却没来，我左等右等都不见他来，回到家时，他居然就躺在我家的客厅里。

李树木的目光凛然地扫了我一眼，然后又很平静地看着我，说，我知道你会来问我破案的进展。对吗？

我说，是。我能知道这些吗？

李树木忽然摇了摇头，说，抱歉，可能这个我真帮不了你。因为案件的特殊性，领导安排，不让我参与过问此事。李树木分明显得有些无奈。

你！可你知道他们查，查到现在都没有结果吗？难道你希望你弟弟死得那么不明不白吗？我是真有些急了。树林死了，可作为哥哥的居然对弟弟死的破案不加插手，甚至连案情发展到什么地步都一无所知。这也是哥哥能做的事吗？！

你别忘了，你是这个城市最有名的破案高手啊！我满心失望地看着李树木，大声说，难道你希望凶手永远就这么逍遥法外吗？

许是我的声音有些大了，都有几个刑警敲门了，还问，李队，是不是有事？李树木看了看我，摆了摆手说，没事。没事。李树木走上前，拍了拍我的肩膀，说，你先回去吧，有什么需要我会找你的。

肆

我摊开一看，正是刚才小美和那陌生男人的照片

我愤愤地走出了李树木的办公室门。从警察局回来的路上，看见一男一女从路边小树林里走了出来。那男的不认识，女的认识，正是李树林的老婆小美。小美和那男的显得极为亲密的样子。

我忽然想起来那天晚上小美的手机一直是关着的。按说晚上我们要一起吃饭，他们俩应该是在一起的啊。无缘无故地，那天小美为什么要关机呢。而且李树林刚过世一个月，这小美怎么这么快又有了新的男人了呢。那也太快了吧。

我的脑海里顿时就跳出了两个大字："谋杀！"

我被自己的推理也吓了一跳。如果真是这样，那太可怕了。我看着小美和那男的慢慢走出我的视线。于是我匆忙拨通了李树木的电话，我还没说话，电话那端已经传来李树木的声音，正要找你，一小时后在刘银路冰河咖啡屋见面详谈。

我到咖啡屋时，李树木已经到了，坐在咖啡店一个隐蔽的角落处。见我进来，他让我坐下，并且很警觉地看了看我的身后。我明白，这是作为刑警的一种习惯，一种自然而然的警觉性。

李树木从包里拿出一沓照片给我。我摊开一看，正是刚才小美和那陌生男人的照片，整个一大沓，全部都是。照片上取景的位置不同，有商场的、超市的，也有电影院等。看得出来，小美和那男人一起去了很多地方。

我看了李树木一眼，说，我明白了，原来你一直也在调查啊。

李树木朝我苦笑了一下，刚才在办公室，有些事情不方便对你说。

我点了点头，说了我刚才的遭遇，把无意中发现了小美和那个男人躲在小树林里的事情，原原本本地告诉了他。

李树木的脸色显得有些凝重。

你最早什么时候发现他们在一起的？我问李树木。

李树木说，树林死后一周吧。

李树木让我详细地谈了下案发当天的所有情况，一个细节都不要遗漏掉。我很认真地配合着他。同时我也说了我的疑惑，案发那天晚上，小美的电话一直关机。

李树木点了点头，说，那个没问题，我查过了。那天晚上，小美他们公司召开重组大会，会议从下午1时一直开到晚上11点。在这期间，所有手机都必须关闭。包括他们晚上吃饭，都是由公司统一安排，派专人来负责送饭的。

那……我苦笑着，我所怀疑的唯一一个疑点被PK掉了。可我还是没搞明白，既然小美那天有这么重要的会议，李树林不会不知道啊。一般我们聚会吃饭，都是两对夫妻四人双双出席的，没道理小美根本没时间而李树林却要约我们一起去吃饭啊。

这点可能只能问树林他自己了。李树木也苦笑着。

我随李树木一起分析了整个案件，包括所有可能造成杀人动机的疑点。可推理来推理去，这个头绪居然被越搞越乱了。除了小美，可能谁也没有任何杀树林的必要。李树林是个很普通的外企职员，性情比较温和，从不与人交恶，生活也都很简单，不该有人去杀他啊。

可小美那天也没任何作案时间啊。

我们还查了那个男人。一个月前的那天男人居然还在澳大利亚，并且我们查下来惊讶地发现，小美和那个男人是在李树林死后三天才认识的。

难不成李树林平白无故会自己死掉吗？！

李树木说，李树林是吃了一种叫砒霜的剧毒而死。可好端端地，树林为什么要自杀呢，还要选择在我家自杀？！而且，他也没理由选择自杀啊。

伍

他就制造了这么一件离奇血案

这案件，一直就像是悬案一样，悬而未决。我依然走不出这个城市，因为案子一直未破。我那处房被列在拆迁之列，我用拆迁费另买了一套房，终于可以远离那个小区了。

在搬家那天，我在翻我那个破旧的书橱时，在橱柜的最低处找出的那本连环画版的《三国演义》中无意中发现了一封信，一封李树林写给我的信。那本连环画，是我和李树林小时候最喜欢的一本，是我们作为友情的见证。李树林死前一段时间交给我来保管。

在信中，李树林居然写着，他是自杀的。

这很让我震惊！自杀？！好端端，他为什么要自杀呢！

我接着看信，信中的李树林还写了自己的烦恼，他和小美在一起其实并不幸福，也许在外人看来他们是很般配的一对，可事实却并非如此。小美其实是很小气的一个人，经常嫌李树林是一名小职员而瞧不起他，而他的工作压力又很大，常常让他感到有些心有余而力不足。而且，最近一段时间的金融危机，公司又面临裁员。让他更加有些无奈，更无助。

有时他想给家里的父母寄一点钱，小美都死活不愿意。李树林还谈了他父母，身体一直不好，经常生病住院，但他和哥哥都没什么钱。这一直是让他们比较苦恼的问题。而且哥哥李树木还是个刑警，随时都可能会面临着生命的危险。他有时就在想，如果他和哥哥都不在了，父母又该怎么办呢！

也是基于这种考虑，早在多年之前，李树林就瞒着小美悄悄地为自己买了一份高额的意外保险，保险的受益人是他的父母。于是，他就想到了死，他想给父母留下这笔钱。

可又没有人会去杀他。所以他就制造了这么一个比较离奇的血案。他想来想去，也只有我可以值得为他这么做，因为我们是最好的朋友，更是兄弟。

在信的最后，他再三向我道歉，也许他这么做确实自私了些，可能会带给我无尽的烦恼和伤害。所以他希望在未来的某一天我看到这封信时，一定要谅解他。

署名是黑子。小时候取的名字，一个只有我们知道的秘密，他叫黑子，我叫老猫。

看着信，我内心翻腾，一时间不知道该怎么办。我拿出手机，按下李树木的电话，我想把真相告诉他，想了想，我还是没有摁下这个号码。放下手机的瞬间，我忽然想，李树木是不是早就知道真相了呢？或许，这事情本该就不需要什么真相吧。

我轻轻掏出了打火机，点燃了那一封信。火在慢慢地燃烧着，火光中，仿佛李树林在朝着我笑，说，哥们，谢谢你。

发表于《羊城晚报》2009 年 11 月 1 日

◀ 小太阳

··

一个六七岁的男孩子在路边玩耍，秦川走过去时，问了句，小朋友，你叫什么？

芝麻。

芝麻？

对，芝麻。

男孩子调皮地笑。

为什么要叫芝麻？

为什么？谁知道呢。

男孩子一副无所谓的表情。

秦川倒被这孩子的话给噎住了。

阳光暖暖地晒在这座城市的土地上，零零星星走过去的几个人，没有像男孩子家大人的痕迹。

你家大人呢？

男孩子没说话，撒开腿就跑开了。

看着男孩子跑远的背影，秦川不由得叹了口气。这么一个工作日的下午，他更应该坐在学校里翻着书本看着黑板认真学习。秦川是一名小学教师，多次被国家、市里评为优秀人民教师。

晚上，秦川去小区里的一家杂货店买酱油，这家店开了好久，他还是第一次光顾。每次走过，看到锈迹斑斑的铁窗、歪歪扭扭的门，甚至脏乱的门口碎石子路，让人不愿迈进。以往，秦川购物都是去山姆、麦德龙，或者盒马 X 店，一买就是一推车，把他那台商务车的后备厢塞得满满的。

这次，是老婆柳如月烧一个大菜，发现家里备用的酱油用完了。于是，柳如月对正低头备课的秦川说，赶紧买回来，要快！

秦川皱着眉推开那扇虚掩的门，没看到人，只看到灯光下的柜台内，橱上摆满琳琅满目的各种商品。

突然一个稚声稚气的声音。

你要买什么？

我……

秦川的眼睛探寻着声音的源头，就看到了比柜台高出点的头，还有一双又黑又亮的大眼睛。

芝麻？

正是秦川白天看到的那个小孩。

你们家大人不在吗？

不在，你要买什么？我拿给你。

啊，那你给我拿瓶酱油吧。

秦川指了指橱上酱油摆放的位置，有点高，他还不知道小男孩该怎么去取时，小男孩已经利索地搬起近旁的小板凳，小脚踩上去，拿到了那瓶酱油，又利索地跳下来，再踮起脚，放置在柜台上。

钱我放柜台上了啊。

好嘞。

小男孩响亮地回应。

秦川走出去时，看到不远处缓缓走过的一个老太太，小区略显昏暗的灯光下，老太太的面容看不真切。

这个老太太，应该就是小男孩的奶奶吧，或者，是外婆？

晚饭时，秦川把小男孩芝麻的事和柳如月说了，柳如月好一会的默不作声。秦川知道肯定是柳如月的敏感又来了，他其实并没别的意图。秦川和柳如月结婚五年，一直没有孩子。柳如月不喜欢孩子，不愿意生孩子。一说起孩子，柳如月那双美丽的丹凤眼顿时像两支即将射出去的利箭。柳如月说，为什么要孩子，你是想和我结婚，还是为了想要孩子结婚。秦川爱柳如月，从未试图要去改变。早在刚谈恋爱的时候，柳如月明确说，我将来不会生孩子，如果你要孩子，我们就不用谈了。秦川谈不上有多喜欢，或者不喜欢孩子，包括有没有自己的孩子。秦川都不是很在乎。秦川更在乎的是第一次见面就被惊艳到的美丽的柳如月，人世间怎么会有如此完美的女人。如果能拥有这样的一个女人，夫复何求啊！秦川那时是这么想的，现在也是这么想的。

柳如月放下了手上的叉子，盘子里还有七八个蜜汁鸡翅，是她尤为喜欢吃的。她只吃了一个。其他菜，她也没怎么动。

我饱了。

饱了？你还没怎么吃呢。

你是不是喜欢这个叫芝麻的小男孩？

我喜欢？我为什么要喜欢？

你不喜欢为什么要提这个小男孩，难道你不喜欢小男孩，喜欢小女孩？

我……

秦川只能摇头叹气了。柳如月已经起身，脸拉得好长。秦川眼瞅着柳如月细腰肥臀缓缓地走进房间，又很快关上了门。关门的声音不大不小，足够让秦川听见，也足够让秦川知道她生气了。自己今晚又该睡客厅了。秦川不由拍了下自己的脑袋，提这个叫芝麻的小男孩干啥呢！

桌上的手机响了，是柳如月妈妈打来的。柳如月妈妈想说的话秦川不用听都知道。果然，柳如月妈妈低声说，月月在你身边吗？秦川看了下紧闭的房门，说，不在。柳如月妈妈说，那就好。又说，你和月月结婚也这么几年了，月月不想生孩子，但你要劝劝她呀，你们终究还是要有个孩子的，对吧？趁我现在年纪还不算大，可以给你们带几年……柳如月妈妈这样的电话，几乎每个月都会打一次，秦川能说什么呢？只能说，好的，我知道了，妈。同时脑子里想的是，你是月月的妈，你都劝不动，我又怎么可能劝得动呀！

第二天晨会，秦川给讲台下的小学生们讲了小男孩芝麻的事情，没有褒贬的意思，只是客观地讲述一个和他们的同龄人。

讲完了，秦川的目光从第一排扫到最后一排，又扫到教室后面的黑板报上。

有哪位同学，可以讲讲感想呢？他和我们有什么不同，如果换作是你，你会怎么样？

很快就有学生举起了手。

何新晨，你说。

一个男同学马上站了起来。

老师，我觉得芝麻很不容易，自古穷人的孩子早当家，在我们上学的时候，他还不能去，还需要帮助大人做事情。

不错，周盛凯。

又一个同学站了起来。

老师，对比芝麻，我觉得我们更要珍惜眼前的幸福生活，并不是每个孩子都能享受到我们这样的生活。所以，我们要认真的学习，将来可以报答父母的养育之恩。

很好，李书同。

一个个同学站起又坐下，有讲得很好，也有讲得畏畏缩缩的，这个晨会被秦川给上成了思想课。在晨会快要结束时，秦川在黑板上写下了七个字：我们的幸福生活。放下粉笔，轻轻拍了拍手，秦川说，今天布置一个作文，题目就是这个，大家可以假设自己是芝麻，也可以写你如果与芝麻相遇，你会和他说什么，你会帮助他吗？你会和他成为朋友吗？

这天放学没多久，秦川接到了苏校长的电话。苏校长的声音从未有过的冷厉，你来我办公室一趟，马上！以往，苏校长对秦川还是比较客气的，都是温和的声音，小秦，不错不错，继续努力。这是惹什么事了吗？秦川没琢磨出啥问题来，本来他刚准备收拾东西往外走，晚上约了柳如月吃日料。柳如月超级喜欢吃日料，隔个三五天就要去。秦川有时忍不住说她，这有什么好吃的。又说，你是不是投错胎了，你更应该投生在日本。每次柳如月都要吃好多，甚至远远超过秦川的食量。还有，就是柳如月怎么也吃不胖，因而更加乐此不疲。秦川想，到底出什么幺蛾子事情了，可千万别耽误我陪柳如月啊。

虚掩的校长室的门，里面的光线有点阴沉，同样阴沉的是苏校长的脸。苏校长没有像往常一样客气地招呼秦川，看了他一眼，说，知道做错什么了吗？枉你还是咱们学校的金字招牌，全国优秀教师。秦川觍着脸，跳出笑容说，我做错什么了，领导，请您明示啊。苏校长声音一下大了，说，你上课给学生们讲小男孩芝麻的事情了？还让学生们回去写个作文？秦川说，对呀，那又怎么了？校长说，你还让学生们假设自己是芝麻，还要和他做朋友，秦川啊秦川，你想干什么？这些学生能和芝麻做朋友吗？他们都是本地孩子，过的都是富足的生活，你怎么可以这样假设呢！他们是不对等的。已经有好几个学生家长给我打电话，质疑你的教学方式教学水平，你让我怎么说？难道说你是我们学校最好的老师，最好的金字招牌吗？……苏校长气呼呼地，一股脑儿说了一大堆话。秦川心里有点凉，他想说，那些家长就不应该这么理解，他们生来就是本地人生来就富足吗？谁的幸福生活不是靠奋斗所得？只有精神上的富足才是真正的富足。

但秦川什么也没说。苏校长看秦川没有声音，表情缓和了许多，回去好好反思一下，以后还是好好教你课上该讲的内容吧，不要别出新意加其他东西了。

走出校长办公室，刚走到楼下，秦川就接到了柳如月的电话。

有座位吗？

还没走。

不是让你早点走吗？这个时候去，哪里还有位子。

不行就换一家吧。

换什么换，你赶紧来，我心心念念就想吃这家的日料，没位子大不了排会儿队，我马上就到店里了。

好吧。

秦川苦笑着挂了电话，头顶上的天空已经有些暗黑了。

被学生家长投诉这件事情在秦川脑海里盘旋了好多天。好多天后，秦川又一次走进了小区角落的那家杂货店。

门口的杂草地上，小男孩芝麻正蹲着身用一片树叶拨弄着什么。

秦川说，你干什么呢？

小男孩头也没抬，说，我在玩虫子啊。

虫子，有这么好玩吗？

当然了，这个虫子可好玩了。

说着，小男孩用树叶拨开了些杂草，秦川就看到地上有只小小的瓢虫在缓缓地爬。要爬远些时，又被小男孩手上的树叶给拨弄了回来，然后，瓢虫继续往前爬。周而复始，一次次爬又一次次被小男孩拨弄回原点。

小男孩说，是不是很好玩？

秦川笑笑，说，你慢慢玩。径直就走进了杂货店。

柜台里，站着的果然是上次看到的老太太。

老太太说，要买什么？

秦川说，不买什么，芝麻是你孙子吗？他怎么不上学啊？

老太太顿时警觉起来，说，你想干什么？

秦川忙摆手说，别误会，我是这个小区的居民，也是一名教小学的老师，我看芝麻不上学太可惜，这是个非常聪明的孩子，不能错过了最好的学习年纪……

秦川说了很多，老太太也从警觉怀疑，到慢慢认可他的想法。但老太太皱着眉头，慢慢述说孩子的情况。

这是一个可怜的孩子。在孩子3岁那年，他的父母就离了婚，各自又组建了家庭，谁也不管这个孩子。她是孩子的奶奶，老伴走得早，一个人开杂货店拉扯芝麻。听说不是本地人不能上这里的小学，她只能看着如他一般大的孩子都上学了……

那后来孩子的亲生父母都没来看过他，关心过他的事情吗？

没有，从来都没有，我这个儿子，真的是造孽，我……

老太太眼圈红红的，眼泪随时都要出来了。

秦川静静地听，又静静地站着，心里早已翻江倒海。虽然已猜到了这个可能性，但当事情被讲述出来时，他就无端地难受起来了。

小男孩这个时候突然蹦蹦跳跳地进来了，还叫了声，奶奶。

老太太赶紧擦拭了一下眼角。

小男孩分明看见了，说，奶奶，你怎么了？

老太太说，没事没事。

小男孩又看向了秦川，秦川朝他轻轻点了下头。

晚上，秦川和柳如月说，我想认芝麻做干儿子。秦川说得很不经意，像说一件非常简单的事情。柳如月"腾"地站起，放下了手上的一本书。这段时间以来，柳如月突然特别喜欢看书，《人世间》《平凡的世界》《生命中不能承受之重》……几乎就是三天一本，废寝忘食。

柳如月眼睛瞪着秦川，说，你说什么？

秦川说，我想认芝麻做干儿子。

你疯了吗？

我没有疯。

秦川缓缓地将老太太讲的芝麻的故事讲了一遍，还说，芝麻这个名字太适合用在这个孩子身上了，他就是一粒非常细小又不起眼的芝麻，芝麻如果有丰沃的土地，就可以长成一株高高的芝麻树，如果没有呢？那就只能随风飘摇随波逐流了。又说，如果这个孩子是你，或是我，我们是不是也要不得不接受这个无奈，并且非常渴望得到别人的帮助和救赎呢？我只是希望，能帮到这个孩子，更希望我能成为一名真正教书育人，帮助孩子成长的老师。

秦川还说，就像你看到的《人世间》，光字片的那些孩子，那些在困顿中挣扎的人都需要帮助，被影响，照亮他们走向前方的路。

柳如月没有再说话，眼前的秦川更像是一个演讲家，一句句一字字缓缓地流露，也像是被学生家长投诉后的力争和呐喊。

吃过晚饭，照例都是秦川下楼丢垃圾，再在小区里兜一圈，边走路，边把当天的事情在脑海里回顾一遍，思量一下这一天的得失，这是秦川已经养成的习惯。偶尔有一次两次，柳如月愿意陪秦川一起下楼走走，更多时候，秦川问她时，柳如月都说，你去吧。因而，秦川后来都不问柳如月要不要下楼走走了，直接拎上沉沉的垃圾袋，开门，走出去。

这天，秦川刚准备去拎垃圾袋。

带我小区里走走吧。柳如月突然说了句。

秦川好几秒才反应过来，说，好啊。

两个人下了楼，夜色中的小区带着一种幽暗的朦胧感，灯光影影绰绰中，房屋、道路、绿植，都没有白天那么清晰。垃圾桶在他们楼下拐几个弯就到了，秦川走在前面，柳如月说，你去扔吧，我在这边等你。秦川愣了愣，点点头。

秦川走回来时，柳如月还站在原地，眼神正对着小区的某一处看得正出神。

秦川说，走走吧。

两个人并排走，考虑柳如月的步幅，秦川走得并不快，但柳如月还是没跟上，没走几步就落在了后面，秦川就停下来等柳如月，脸上带着爱意。柳如月看到了秦川眼中的爱意，哪怕是在这暗影之中。柳如月笑了笑，说，你看什么呢？秦川说，看你呀。柳如月说，有什么好看的。秦川就牵上了柳如月的手，软软的，滑滑的。柳如月想挣开，尝试了几次没成功，就没再挣扎，反而调皮地捏了捏秦川的手。

他们很快在小区的一角停住了。

那是小男孩芝麻奶奶开的那家杂货店，这也是柳如月第一次来到这里。这家处于小区边缘角落位置的杂货店，不关注它，还真不一定能发现它的存在。远远地看，店里的灯光从锈迹斑斑的窗口处投射出来，照在窗台下种着的几株长势不良的小灌木上。隐约能听见小男孩芝麻在里面哼唱，同时又敲击什么东西的声音，间或是芝麻快乐的笑声，洋溢着无比快乐的气氛。孩子永远是可以无忧无虑没有任何烦恼的。

突然听到有人走到门口的脚步声，似乎有人要走出来了。

柳如月像被惊住的鸟儿，马上朝秦川说了声，走啊。不等秦川反应，拉着他就走，像落荒而逃般地。

直到走出好多步，到了一幢楼的背面，两个人才停了下来。秦川气喘吁吁地说，你跑什么呀？搞得咱俩像贼被发现一样。柳如月看着秦川一脸愕然的表情，不由得笑了出来。

请芝麻和他的奶奶来家里吃饭，是秦川提出来，柳如月同意的。秦川还特地看了眼柳如月的表情，看不出有任何不一样。

门打开，先进来的是小男孩芝麻，芝麻刚要进来，被他的奶奶给拉住了。门口的秦川笑着明白了，适时地递上两双拖鞋，夏日的天很闷热，但房间里因为开着空调，很清凉。

小男孩的奶奶手上提了两只大西瓜，沉沉的似要把她瘦弱的身子压弯了一样，秦川也没有客气，接过了西瓜，说，往里面坐吧，菜马上就好。

菜是柳如月烧的，清蒸鲈鱼、白灼斑节虾、红烧肉、干锅花菜等，还有一个主菜，鸡汤。里面有一整只草鸡，还加入了枸杞。菜是一大早秦川陪柳如月一起去买的，柳如月在前面看和挑，秦川在后面跟着拎。那天的一番话后，柳如月好几天没和秦川说话，秦川猜不透柳如月到底在想什么。这次秦川对柳如月说请芝麻和他奶奶来家里吃饭，其实也犹豫了好久，他甚至觉得一定会被她拒绝。但柳如月居然没拒绝，还在吃饭前一晚主动和秦川说，明天早上我们一起去买菜。秦川摸了摸后脑勺，不知这柳如月葫芦里到底卖的什么药，也就由着她了。

秦川陪芝麻和老太太闲聊的时候，柳如月把一盘盘菜端上了桌。

墙上悬挂的电视机开着，不时有里面的人声车声各种声音交织，也让房间里的气氛不至于冷下来。

坐在这个偌大的客厅里，老太太显得有点拘谨，倒是芝麻的大眼睛不停地四处看，眼睛里都是探究和好奇。

叔叔，这是什么？

叔叔，我觉得你这里好大，又好干净啊。

叔叔……

菜在等待中终于上齐了，几个人围着桌子坐了下来，热气腾腾的菜，不时飘起的水汽，将人的影像看得不是那么清晰。

阿姨，你烧的菜好好看，闻起来也好香。

芝麻说。

小朋友，你是叫芝麻，对吗？柳如月说。

是的阿姨，我叫芝麻。

你觉得家乡好，还是这里好？

我觉得待在奶奶身边最好，奶奶对我可好了，有好吃的好喝的都让给我吃。

那你想过将来要怎么报答奶奶吗？

嗯，我要买好多好吃的好喝的给奶奶，我还要天天陪着奶奶，对了，奶奶经常趁我不注意抹眼泪，我将来一定不让奶奶再抹眼泪了。

老太太的眼圈瞬时又要红了。

秦川说，赶紧吃菜吧，凉了就不好吃了。撺了一块嫩嫩的鲈鱼肉给芝麻，又说，多吃点，可以快快长大，将来好好报答奶奶。

小男孩点着头，说了声，谢谢叔叔。

柳如月突然说了句，芝麻，你想上学吗？

顿然间，几个人停下了手上的筷子。

周末，秦川和柳如月一起去了趟柳如月的农村老家。距离他们所住的城市有 100 多公里。柳如月已经好几个月没回家看看爸妈了，不是忙，原因是不言而喻的。

一大早，柳如月妈妈接到秦川的电话，高兴坏了，她叫着岳父的名字，说，他们要回来了，你赶紧去买菜啊，买什么？买咱月月喜欢吃的，还有秦川……柳如月妈妈叮嘱了好多，忘了还在通话中。柳如月听得一清二楚，脸上看不出什么表情。

车在一个多小时后停在老家二层楼房的院子里，才9点多。院子里，柳如月爸妈正忙着弄吃的，热气腾腾的盆子里是刚宰杀的家养草鸡，挂着晾晒的是一条鳊鱼，桶里都是螃蟹，发出"嘶嘶嘶"的声音，还有一大堆刚从菜地里挑出的新鲜菜，散发着泥土的味道。

秦川在院子里和柳如月爸妈还没说上几句话，就听见柳如月叫他。秦川跟着柳如月进了屋，从一楼走到二楼，二楼有一间结婚前装修的客房。秦川坐在客房里，没有跟着柳如月走进她那间房，直到柳如月转头说，你进来吧。秦川竟然错愕了下，这是在和他说话吗？那是柳如月专属的房间，是她小时候住，伴随她成长又长大成人的房间。一直以来，柳如月都不让秦川走进过这个房间，即便是结婚时，他们住的也都是会客厅，似乎这间房藏有天大的秘密般，秦川也是一直带着好奇却又从来没试探着解开自己心头的疑团，秦川喜欢并且尊重柳如月，也顺理成章地接受她的这个安排。

眼前，柳如月说的话，秦川听到了，又不敢相信，所以好一会的停顿。柳如月又说了一遍，你不想进来吗？那就算了。秦川恍然般地赶紧接腔，不能算，不能算。跟随着就进去了。

一看就是女孩子专属的闺房，空气中都弥漫着淡淡的香味，粉红色的墙、粉红色的床，像满溢着挥之不去的少女心。就连桌子也是卡通的，整排的书橱内，摆满了各种照片，从呱呱学语的黑白照，到成人的彩色照，几乎每个年龄段都有照片，有种"吾家有女初长成"的意味。照片的主人肯定只有一个。秦川看了好久，简直是眼花缭乱目不暇接了，在他终于转过头时，就看到一脸绯红的柳如月，问他，好看吗？秦川说，好看，非常好看。

喜欢吗？

喜欢，当然喜欢。

喜欢现在的我，还是小时候的我。

喜欢，只要是你，我都喜欢。

你回答得太虚无了。

来年9月，一个阳光闪耀的清新早晨，秦川缓缓地走过长长的走廊，走进粉刷一新的教室。这是个一年级的新生班，又是一批充满朝气的孩子们。铁打的老师流水的学生，眼前一张张稚嫩又充满朝气的脸庞，像一枚枚从地平面初升的小太阳。

在响亮的起立声中，所有的同学都齐刷刷地站起，向老师恭声说道，老师好。

秦川也很郑重地点了点头，响亮地说，同学们好。

顿了顿，秦川又说，欢迎大家步入小学的大门，我是你们的班主任秦川，你们可以叫我秦老师。未来的时光，我将陪伴你们，也希望你们能在这里得到成长，学到更多的知识。

又说，在上课前，我还是想给大家讲个故事吧，有关小男孩芝麻的故事。

那一张张又黑又亮的眼睛都在认真看着，耳朵也在认真竖着。这是他们从幼儿园迈向真正意义上的小学，要真正开始在知识的海洋中翱翔，汲取更多的知识来充实自己。

秦川缓缓地讲，讲他路边遭遇小男孩芝麻，讲他在杂货店从芝麻手上买酱油，又讲到芝麻的童真，芝麻的乐观开朗。

还讲到了，我们在座的同学们的父辈祖辈也不完全是这个城市的人，一切现在创造的美好生活，都是靠自己的双手去努力获得的，每个人都应该是平等的。

居然有学生主动举起了手。

你说。

那芝麻现在怎么样了？我可以帮助他吗？

他现在，很好。

又有学生举起了手。

那我们可以去看看他吗？

这个，我想，你们一定会认识，并且成为好朋友的。

……

秦川原本只做简单讲述的小插曲，竟在这群孩子们中间形成了极其广泛的好奇之心，似乎每个同学都想发表一下自己的观点，每个同学都是带有想象力的思想，举得高高的手像一根根破土而出的雨后春笋般。

这真的是一群充满希望的孩子。

坐在教室第三排的芝麻，在听到秦川讲小男孩芝麻的故事时，不由得把胸膛挺到高高的。因为秦川告诉过他，在这里，你和其他同学是一样的，但又不完全一样，因为你是借读的，所以你要更努力。这样才对得起你自己能坐在这里，将来有机会好好报答奶奶。这句话，在芝麻的脑子里回荡了好些天。在这里，芝麻有一个响亮的学名：李阳，阳光的阳。

中午，秦川下课后，来不及去食堂吃午饭，就匆匆地往外跑。他要赶紧去医院。马上到柳如月约好产检的时间了，虽然柳如月再三说，你不用来，我一个人可以的。秦川还是坚持要去，说，你一个人我怎么能放心呢。车停在了医院大楼外的停车库，秦川下车后颇有几分兴奋地往大厅走。身边走过形形色色的人，连流动的空气都是那么的清新和充满生命的希望，这一晃，柳如月怀孕已经快6个月了，要不了多久就要生产了。起先柳如月的肚子一点都看不出来，后来她的肚子就像是被吹鼓的气球越来越明显了。秦川笑着说，原来生孩子就和打气球一样啊。柳如月还瞪了他一眼，说，那你也打个气球试试。秦川吐了吐舌头，说，我倒是想，可惜配置跟不上呀！秦川能想到，柳如月生出的孩子，一定会像她一样美丽和惹人爱的。

秦川还想到，待会儿给柳如月妈妈报个孕检平安后，还要给自己的妈妈打个电话，算起来，也有些日子没有回自己家了。

一想到这，秦川像脚底生风般地往前奔跑起来。

发表于《回族文学》2023年5期

◀ 树与树的交集

　　父亲第一次揍我，是因为一棵树。父亲在门口的泥路边栽下了一排细细的水杉树。顽皮如我，在父亲走开后，就拽着一棵树开始摇啊摇，越摇越使劲，恨不得把整个人都要拽在树上了。结果是不言而喻的，树倒了，我在树倒下的前几秒飞身离开。还没走几步，我的身子突然像是被另一种力量拉起，我回过头，看到的是父亲严肃的表情。这是我从没看到过的骇人表情。我想要逃离，却被父亲厚实的大手拉住。父亲沉喝了一声，你在做什么？为什么要这么做！我还没来得及说话，就被父亲拎到那棵倒下的水杉树旁，歪倒在地的水杉树裸露的树根上，还留有些许泥土，不久前浇过水后的根部还湿润。父亲一个巴掌打过来，我还没来得及反应，很快伴随着就是难以控制的哭声。

　　我在哭，父亲也不管我，去找了铁锹，把水杉树原有的树穴重新挖出来，再种下去。浇过水的土湿湿的，挖起来并不吃力。父亲将水杉树重新种好，又填上一些干土，用锹背拍打了几下。

我的手还捂着眼睛，早已哭不出泪水了，哭出的只有我虚张声势的喊叫声。

父亲又拎来了一桶水，水在他一摇一晃的走动之间，看起来要泼出来，却并没有。

我还站着，看着父亲取了水瓢，将水轻洒在又种下的水杉树的根部，泥土喝到水，轻轻地陷落下去，噗噗地像呼吸。父亲早已洞察到我在偷看，说，要来浇水吗？我低低地应了声，嗯。很快把捂住眼睛的手放下来，接过他手上的水瓢。小小的我喜欢玩水，就像眼前我给树浇水，一瓢又一瓢缓缓地浇上去。很快，水杉树的根部已经漫开了水，父亲说，给别的树浇吧，它们也需要水。我拎起剩余的半桶水，还有些沉，拎起来又放下，寻求帮助的眼神看向父亲。父亲说，你提慢点，再试试看。我用力去提桶，还是没提起来，最后我几乎是拽着把半桶水拉到了旁边的一棵树。半桶水很快浇完了，并没浇上几棵树。我的眼神又看向了父亲，父亲说，还想浇水吗？我点头说，想。父亲说，那就自己去打水。我拎着空桶，到了河边，试着将桶斜放下去，桶加上桶里水的重量太沉，我拉不上来。不得不，我又重新把桶放下去，将水倒掉一部分。反复几次，桶里还剩一小部分水时被我拉拽上来。过程中，父亲一直站在我身旁，特别在河里取水时，父亲就在我伸手之间的距离。但在我几次转头寻求父亲帮助时，他又摇头拒绝了。

难以形容这半天我是如何浇完那排水杉树的，母亲从外面回来时，看到一身脏兮兮的我，特别是衣服裤子都湿漉漉的还沾满泥巴，简直惊呆了。母亲说，你干什么了？搞得这么脏。又说在旁笑嘻嘻的父亲，你是什么情况，也不管管！父亲朝我眨了眨眼睛，像我们之间的秘密似的，说了句，不能说。我也快乐地说，不能说。我早已忘记因为拉拽水杉树被父亲打的事情。

后来，我还悄悄地问过父亲，为什么要费那么大劲在路边种树，又不是种在我们家里。

父亲突然表情变严肃，说，尽管不是种我们家里，但在我们家门口，在我们生活的周边，那也是和在我们家是一样的……

父亲说了很多话，我认真听着，又茫然地不知他在讲些什么。

父亲似乎看出了我的迷惑，又笑了，说，将来你会懂的。又摸了下我软软的脸庞，刚刚被他打过的地方，说，还疼吗？我摇摇头说，不疼了。

我说，我还要给它们浇水，让它们快快长大。

父亲赞许地说，你也要快快长大。

父亲干活的地方是一大片的滩涂，泥沙是由长江水冲积而成的。这样的滩涂，都不需要撒种子，一眼望不到尽头的芦苇就这样自然地生长，这也许就是大自然的奇妙之处。对于这一切，我是新奇的，又是充满无限向往的，甚至都不由得迈开脚步准备走向这一片的芦苇地。

父亲马上制止了我，说，那边还不能去。

我问，为什么？

父亲说，这里原先是江，这样的土质还不足以让我们放心地走下去，有可能像踩在淤泥里一样把我们的脚我们的身体都吞没。

父亲又说，淤泥你知道吗？

我点点头，我看过一个电视剧，几个在野外的探险人不幸踩在了一块淤泥地里，越挣扎越下沉，后来几个人都因此丧命了。

还有父亲从未有过的严肃表情，让我深感这个淤泥确实是足够可怕的事情。

原先，我来这里还觉得挺有趣的，还再三央求父亲一定要带我来。因为父亲一直说，他在做一件非常伟大的事情。我问他什么事情？父亲说，可以让我们的国土可利用的陆地面积增大。我的眼睛睁得大大的，说，为什么会增大，怎么又会增大呢？父亲又不回答我了。带着这样的疑问，我央求妈妈，一定让我和爸爸去。母亲说，那里荒郊野外，有什么好看的。但母亲拗不过我，终于同意了。我乐陶陶地跟随父亲来到这里，却看到又是同样的一种景象。这似乎不怎么好玩了。

父亲还硬生生地说，跟着我，一定不要乱跑。

我点头。

父亲往前走，踩在脚下的土，和我们住的地方的土有些不一样。都是土，为什么会不一样呢？我不懂。我也不敢问父亲，父亲刚刚凶巴巴的样子吓到了我。

一路上，碰上了父亲的同事，穿着和他一样的工作服，又都脸黑黑的，有点被风吹多了的老相。

他们说，带儿子来看看啊？居然都这么大了。

父亲说，对，一转眼个儿就高了。

他们说，和你以前拿来的照片完全不一样了。

父亲说，长长就走样了。

他们又说，场长在找你，你赶紧去吧。

父亲说，好嘞。

我没有吭声，一直听他们在交谈，其实我想问，我有什么照片被父亲带来了这里？是小时候坐模型马上哭鼻子的照片吗？记忆中好像也就这张照片了。但我还是没问出口，我怕父亲又凶巴巴地瞪我。

父亲带我走过了他们在改造的一大块田地，景象豁然开朗。我还禁不住呀了一声。那里还堆放了很多农具，这让我的好奇心一下又上来了。他们是怎么做到的？我其实很想亲眼看到。但父亲又把我带进了休息的工棚里。工棚里有父亲给我准备的玩具和零食，父亲说，这些都是你的，别乱跑，不然什么都不给你。

父亲还反复说，知道吗？表情又变严肃，我点头说，知道了。

走出工棚的父亲和一个男人在说着什么，然后父亲和好几个男人一起走进了芦苇荡中，不对不对，父亲不是说不能走进芦苇荡吗？那他们怎么走进去了呢？

一排水杉树，一大片芦苇荡，这些都是我小时候的深刻记忆。

接到母亲打来的电话时，我刚开完一个重要会议，脑子有点蒙，拿起杯子准备喝口水时，电话就响了。我拿起手机一看，是母亲。母亲说，你赶紧回来吧，你爸又拿起铁锹，说要种水杉树了。

父亲要种水杉树，这还只是个小事。前几天，母亲急急忙忙打来电话，说都说不清楚，好不容易让她慢慢讲，才算听明白，父亲不见了！这好好的一个人，怎么就不见了呢？自从半年多前父亲突然老年痴呆后，他的许多行为都让我们深感害怕，一个人默默地走出院子，走到大马路上。这条我们家门口的路，早就从崎岖不平的泥路变成了平稳又宽阔的柏油马路，每天有无数辆车子快速开过，发出"轰隆轰隆"的急速声，而父亲居然毫不畏惧地站在马路中央，神情淡定地看许多年前他种下的那排水杉树，如今都长成又粗又长的参天大树了。好在邻居赵叔看到，赶紧把父亲拉回了院子里，很快就有一台卡车疾驰而过，带起了好大一股风。更吓人的是父亲经常会莫名其妙地失踪，母亲明明把院门给锁住了，她低身在院子里侍弄蔬菜，等她没多久起身时，突然发现院门不知什么时候被打开了。父亲肯定是找到了放在窗台上的大门钥匙，又悄无声息地打开，再走出去的。母亲着实被吓出了一身冷汗，赶紧去叫邻居赵叔肖叔他们，大家也是一脸紧张，他会去哪里呢？不可能漫无目的地去找吧？母亲突然眼前一亮，说，肯定是去东滩湿地了。母亲说的东滩湿地，就是许多年前父亲带我去的芦苇荡。那个地方早就不是芦苇荡了，后来做过鱼塘蟹塘，到今天已经成为城市最大的湿地公园，还是最大的候鸟集聚地，原本据说还有个方案，是要重新开发，打造成为最高档的旅游度假村，后来不知什么原因被叫停了。

去往东滩湿地公园的路上，骑电瓶车的赵叔很快看到了一摇一晃慢慢向前走的父亲。赵叔停下车，喊父亲的名字，老傅，你去哪里？父亲停下脚步，转头说，你是在叫我吗？赵叔说，当然是叫你了，老傅你连自己名字都忘啦？你这是去哪里呢？父亲说，哦，原来我叫老傅啊，我要去芦苇荡，刚刚场长叫人带口信来，说让我去上班。早先时候还没有东滩的说法，大家都简易地叫那里芦苇荡。赵叔说，谁让你走那么慢，刚刚场长又让人传话来了，说今天要下雨，让大伙儿休息一天，你不用去。父亲说，是吗？抬头看了眼天空，阴沉沉的似乎真要下雨。父亲点头说，我知道了。赵叔说，坐我的车吧，我带你回家。父亲看了眼赵叔的电瓶车，又开大腿缓缓地坐上去。

晚上我到家时，父亲果然已经回来了，一个人安静地坐在他往常坐着的桌子前，摊开的一副麻将牌，被他一枚枚地竖在那里，不是一直线的排列，而是很有规则，又有几分错落。

我走到了母亲身边，说，爸又去东滩了？母亲说，可不是吗？还好他除了这个地方，别的地方也不会去。叹了口气，母亲又说，你爸呀，喜欢和树打交道，又干了一辈子的滩涂开垦农田，每天弄一身臭汗一身烂泥回来，他倒是乐在其中。

我走到屋外，天空黑乎乎的，从屋子里照射出的灯光，隐约能看到院子里竖起的一排树。前几天还未曾见过，这无疑应该就是母亲说的，父亲又种的水杉树吧？也不知道父亲从哪里找来的这水杉树，笔直矗立在我面前的树，倒是稳稳当当的。估计哪怕是来阵风，也不一定能吹倒。但最好是不要起风，不然父亲马上会从屋子里冲出来，拿起工具给水杉树打支撑。记得那年水杉树种下没几天，就是一场呼啸而来的暴风雨，父亲不顾一切地冲到雨中，全身因为风雨而抖动着，却仍将几根木棍牢牢地竖在泥地里，榔头用力敲击下去，再用绳子为水杉树做固定。后来水杉树没有一棵被刮倒，父亲因为发高烧在床上躺了一个星期。

　　周末，我专程去了趟东滩湿地，父亲曾经默默耕耘好多年的地方。这也是我第二次踏足这块地方。小时候去过一次后，不知是父亲不愿意再带我去，还是我自己本身也没太大兴趣，后来就再没去过了。我在稍大些时，开始了多年的在外求学生涯，更没机会去那里了。这一晃，就那么多年过去了，时过境迁，父亲退休，芦苇荡变成东滩湿地，时光真的是匆匆而过啊。

　　我把车停在了离大门口不远的停车场，在东滩湿地转了一大圈后，小时候对这一大片芦苇荡的印象已经找不到任何痕迹了，总觉得这里大了太多。以前这里只有芦苇荡，现在只在靠江水的位置有芦苇荡，大部分的地方都被种了一大片一大片的水草绿植，之上是一条蜿蜒的漫长凌空木桥廊道，更类似于那种供游客观赏游玩可以自由行走的场所。有无数只鸟儿从空中盘旋而来，或是在水草地里落下，或是在芦苇的顶端站立，也会探起身低下头去轻啄，抬起头时小嘴蠕动着，吃得津津有味。我缓缓地行走，以期能捕获更多脑子里的记忆，木桥、木平台，周围牢固的木栏杆，都被打造得无比安全和井然有序，再不用像我小时候那样，父亲担心我不小心掉入那块芦苇荡中的泥潭中而拔升不起。

　　我无法获知这一大块区域到底是有多大，就像我无法获知这里停留了多少种类的鸟儿，更无法获知父亲在这里曾经洒下了多少汗水与青春……

　　穿着一身工作服的保安从路边走过，我不由得叫住他，你能带我去见你们这里的领导吗？

保安把我带到了一个管理房大楼，一个年纪和我差不多大的男人听我缓缓述说，他原本平静的表情突然变得波涛汹涌，不等我把话说完，就猛地握住我的手，非常激动地说，你一定是傅万树傅师傅的儿子吧？我愣了愣，很纳闷他怎么知道呢？他接着说，对，你不知道，我是当时的场长儿子，我们的父辈都在这里"战斗"了好些年，我爸后来一直夸你爸，在芦苇荡干活时总是冲在最前面，手掘肩挑，开垦农田，挖沟造渠，筑堤坝，是干活的劳模。有一年，新筑的堤坝刚合拢，台风突然来袭，为布置防范措施，你爸主动赶过来，忙了一天一夜没合眼……我是毕业后来这里的，那时正好在搞东滩湿地的改建，我看着这里一大片一大片的芦苇荡被翻掉，一块块以前开垦下的田地得到保留，曾经的鱼塘蟹塘都被填埋，我很欣喜，因为我看到了施工设计图纸，这里完全可以成为城市里的人来敞开呼吸快乐休憩的地方。意义还远不止此，还可以成为候鸟的栖息地，有太多的鸟类，在飞过这一眼望不到边际的大海来到长江时，因为长时间的飞行体力不支，又得不到及时的食物补充而掉入海中，鸟类可以自由自在地在这里休息，我们也欢迎它们，像看见自己的好朋友们到来一样。据不完全记录，有三百多种鸟类，上百万只鸟儿在这里迁徙停留。

这个后来我知道了叫朱进的男人越说越兴奋，脸上笑得如花儿般灿烂，我在钦佩的同时，也暗暗明白，怪不得在湿地里的那些鸟类，看到我走过去时没有任何惊慌，因为这里的人把它们当作了朋友，朋友之间是不需要害怕的。

朱进也和我谈到了我的父亲，时不时地会来东滩湿地，逢人就说这片芦苇荡里不能去，太危险了。这不由让我有些汗颜。我说，给你们添麻烦了。朱进看了我一眼，说，我并不觉得这件事麻烦，本来我也想找你。他顿了一顿，又说，我有一个想法，需要征得你的同意。

我说，你说吧。

春暖花开时节，我又一次开车去了东滩湿地。停车场的保安早已熟识了我，不等我的车到，栏杆早早地高高竖起。我朝保安挥了挥手，表示感谢。

湿地的一处芦苇荡之间，搭起长长的亲水平台，底下是水，边上是栏杆，头顶是个可以遮阳，也可以挡雨的棚子。父亲坐在棚子下，好些年轻或年长的男男女女站着或坐着，饶有兴致地在听父亲讲述，父亲说，当年这里可都是浩浩荡荡的长江水，不只是我们脚下的地方，其实围绕这边方圆几公里的脚下土地，那时都是长江。江水不断地冲积，泥沙在这里得到聚集，再堆积，慢慢地浮出水面，成为或高或低的浅浅陆地的雏形，与原有的土地连接在一起，鸟儿在这里停留栖息，这里慢慢又长出了芦苇，大自然就是这样的神奇，人类并没有在这里撒下种子，芦苇就冒出来了，越长越多，越长越密集，成为芦苇荡。看起来这里已经成为陆地，我们就可以走进来了吗？那当然是不可以的，因为这里的泥沙还没经过翻整，如果贸然踩上去，很可能会陷下去，像踩在淤泥上，很危险……

这就是朱进需要我同意的事情，竟然给了我意外之喜，甚至说不可思议。父亲原本已经老年痴呆了，我站在他面前，他都会一脸茫然地问我你是谁，你怎么会在这里？朱进请父亲做专门的讲解，讲解好多年前，他的父亲我的父亲这样一批人，不辞辛劳地在这一片每年都在冲积增长的泥沙地上，开垦土地，让一块块原本没有价值的泥沙地，成为可利用有价值的田地，他们干着平凡其实又并不平凡的工作。他们在这里干了一辈子，开垦出了超过 4000 亩的农田。

父亲一开始面对游客结结巴巴地讲述，时不时还停顿下，茫然地看一眼天空。但回忆的阀门就是这样神奇。在父亲缓缓的讲述中，潮水一样的往事止不住地往外涌，父亲的话语也从生涩变流畅，脸上竟然也从苍白变红润，甚至配合着还摇摆起手，像在打节拍。讲到兴起时，父亲从位子上站起，对着不远处的长江，对着芦苇荡，像一名标准的演说家。

我后来咨询了一位医生朋友，说我的父亲怎么一下子又恢复正常了呢？医生朋友很细致地看了父亲的病历卡，他也很惊讶，再三说，这没道理啊，真是不敢相信。他后来跟我说，通过回忆往事竟然能治疗阿尔茨海默病，这堪称是医学界的奇迹了。

东滩湿地管理公司每天会安排一台车接送父亲，父亲的气色也越来越好，父亲还给母亲做家务活，还主动给我打招呼，说，回来啦？我说，对，今天讲得怎么样？父亲像个指挥过千军万马的将军一样，朝我一挥手，说，挺好。眼中绽放着兴奋又激动的光芒。

父亲还会从院子走到马路上。马路上依然车来车往，我们已经不用担心父亲被车碰擦了。父亲远远地看到车子开过来，他会停住。等看不到车子，父亲再缓缓走过马路。马路的另一侧，是父亲许多年前种下的水杉树，这些水杉树，已经高到一眼望不到树顶了。

我走到父亲身边，说，这些水杉树，长得可够快的。父亲点头说，当初就这么短，这么细。父亲用手很清楚地给我比画着。

我想起了什么，又说，芦苇荡，哦不，现在的东滩湿地，据说差点被建成了高档度假村，后来不知怎么，又变成了湿地。父亲说，不知道有没有起什么作用，当年我听说芦苇荡要变成高档度假村，还给政府写了好多信，反映我们的城市，除了钢筋混凝土的高楼大厦，除了高档度假村，也需要有让人呼吸新鲜空气的地方，更需要有让候鸟停留栖息的地方……

父亲说得波澜不惊，像在述说一件寻常事情，我已经惊呆了。

有一束阳光穿过水杉树的树叶之间，略显斑驳地照在父亲身上。我突然发现，稳稳站立在那里的父亲，也像是一棵树。

发表于《满族文学》2024 年 4 期

光阴的故事

◀ 爷爷的战斗

爷爷经常仰天长叹，说：如果让我选择，我宁愿在战斗中献出自己的生命，这样，我也可以陪伴那些和我一起历经生死的战友们……

爷爷说这话儿的时候，我还在外面玩泥巴。雨后的泥巴松松软软的，可以捏成各种我想捏的东西，小人儿，小鸟儿，小狗儿……它们或是站立，或是平放在泥土上，都经过我的手的操作，生动的活灵活现地排着列队在做着展示。空气也是舒坦的，我藏在郁郁葱葱的菜地与一棵橘子树之间，那些叶片上，还滴落着小小的美丽水珠。蹲下的地方，若不是认真去细看，我这一身藏绿色的衣衫，母亲也是不会看见的。我边玩，也边寻思着。一旦听到母亲那辆除了铃铛不响其他零件都响的自行车骑进院子里的时候，我一准会迅速低身从橘子树那里往后退，退上七八步，就是爷爷奶奶屋子的后门。后门我虚掩着，没有上门闩，我会以最快的速度到达，推开门，打开自来水龙头，在唰唰唰的水声之间，一定就能听到母亲大声叫唤我的声音：你在哪呢？作业做完没有？又瞎玩了是不是？我大声回应，说：我马上过来，马上过来。这个时候，我一定已经洗净手并且擦干了，再从屋子的前门走出去，从容的步履像解放军战士列队行进时的威武步伐。这步伐，就是爷爷教我的。爷爷说：男子汉大丈夫，一定要像我们的人民解放军战士列队行进一样，昂首挺胸阔步向前，时刻准备着为党为人民献出生命……爷爷的话，小小的我哪听得懂那么多，不过，爷爷教的步伐我倒是学会了。

事情，却并不像我预想的那样。虽然这样的步骤我是屡试不爽的，但我同样也没想到会有意外，像我长大后学到的"智者千虑，必有一失"。

妈妈是什么时候回来的，我不知道。妈妈是什么时候站在我身后的，我也不知道。我只是在低着头，认真捏着泥巴时，感觉到了身后有不一样的气氛，像那时看的动画电影《狮子王》，小狮王辛巴在陌生的原始森林中行走时，它只看到了眼睛前面的一切，在眼睛看不到的身后，危险已然慢慢地逼近……所幸，我回过了头，就看到了妈妈瞪视的冷峻的目光，吓了我一大跳，差点就趴在了地上。妈妈说：你在干什么呢？我说：我，我……我像一只束手就擒的小鹿，耳朵被妈妈用力拧着，我只能跟随着站起身，耳朵火辣辣地疼。妈妈说：瞧你手上的这个脏样儿，还有你身上的泥巴，你不好好学习整天玩这个有意思吗？不知是因为雨后泥土的泥泞，还是因为慌乱之中，我不小心擦拭到了上衣，还有裤子上的丁点的湿泥；泥不多，但沾在衣服上，整件衣服也跟着一起脏了，还不能去擦，一擦这泥就涂抹开了，按我以前最好的办法，就是等它晾干了，轻轻一拍，就化作灰尘一拍两散了。这我还是有经验的。但眼前，妈妈的话让我无力反驳，也确实是我的错，我满手的泥巴确实很不雅。

我说：妈妈，我错了，我以后不这样了。我的声音很轻，犯错误的第一时间，我都会主动承认错误，以寻求妈妈的谅解。天空刚刚席卷而来的乌云很快就云散风清了。妈妈让我站在水池前，先把手洗干净了，还递给了我一块肥皂。打开的水龙头前，我难得如此从容地洗手，先把手背手心里的泥土洗净，再把指甲缝内的泥土洗掉，用肥皂洗过的手，还带着一股淡淡的香味。香味像什么？像空气中飘散着的野花的香味，我喜欢野花的香味，从空气中飘散开，在走过的人的鼻子里停留，在心扉间回味。

换过一身干净衣服的我，在走过刚刚的"劳动成果"时，看到了爷爷。爷爷竟然蹲在那里，仔细地看着什么？是看我的那些小人儿，小狗儿，小鸟儿吗？

我纳闷着，摇了摇头。

爷爷给我讲的故事，我不厌其烦地听过无数遍，却还是愿意再听一遍又一遍。

爷爷说：我原本参加的不是共产党，是国民党。爷爷还有一个弟弟，说到弟弟这个字眼的时候，爷爷的吐字很重，似是下了很大的气力和决心。爷爷说：那天，我和弟弟还在地里忙乎着呢，就听见"哒哒哒"的脚步声，声音很急骤，步子也很快，呼啦啦的，几个穿军装的大兵就到了我们的跟前。一名军官样的男人说：

跟我们走吧。我愣住了，说：去哪里？那名军官笑呵呵地说：去吃好吃的喝好喝的，怎么样？弟弟看了我一眼，我看到了他眼神中的恐惧。我其实心里也是恐惧的。那一年，弟弟 16 岁，我 18 岁。我忽然明白军官说的是什么意思。我说：那让我弟弟回去和我爸妈说一声吧。我当时的想法，是让弟弟有机会逃跑。我明白跟着他们去意味着什么，前不久，邻县有好些个和我们差不多年纪的人去吃好吃的喝好喝的了，那不过就是去当兵而已，但没过多少时间，好些人都在战场上死亡了。但我们两个人都想逃脱，这肯定是不可能的，如果弟弟可以跑掉，将来爸妈那儿，多少也算有个人照应。谁料想，这军官竟是看破了我的想法，冷笑地说：不用这么麻烦，你们兄弟俩放心吧，我会安排人去和你们爸妈说的……就这样，我们生生地被拉去当了国民党兵。

十几天后，我和弟弟被拉去上了战场，那个时候，我们真正意义上枪都没摸过几次，这就打仗了。打仗是什么？我们心里完全不懂。连里的一个老兵恰好是邻村的，我们和老兵聊了几句，居然就聊到了好多个熟人。趁着没人，老兵悄悄告诉我们，冲锋或是开枪的时候，你们尽量往角落里躲，那里的目标小，子弹一般就打不到你们。还有，听见剧烈的枪声，就赶紧往地上躺，躺在地上子弹多半打不到，也就安全了。老兵教了我们许多活命的办法，我在认真地听，也让弟弟认真地听。弟弟还是懵懂的，更是害怕的。弟弟听说了好多人上了战场就回不来了，使劲地问我：哥，我们能不能回来，会不会也死在战场上啊！那爸妈就再也见不到我了。我告诉弟弟：要想活命，就必须按老兵的办法去做，我们还要好好地活着回去见爸妈呢。说到了爸妈，我心里还是带着许多隐忧的，我和弟弟的不辞而别，不知道军官是不是真的告诉了他们。当然，哪怕是他们告诉了，爸妈也会无比担心的，邻县那些当兵人战死的事他们也是知晓的。他们一定会为我们伤心难过牵肠挂肚吧。想到这，我还打算，哪一天，我一定要偷偷地回一趟家里见一次爸妈，这样哪怕我死在战场上，也没什么遗憾了。

战斗远比我想象中的激烈。我们争夺一个阵地时，在连长的命令下，从窄小的战壕里跳出来，一鼓作气地向前冲。弟弟冲得很快，离我已经有了好几米的距离，他一定是忘记了老兵的忠告。无数声爆炸声，和各种枪声在耳边回荡。一枚炸弹在离弟弟不远处炸响的时候，我就看见烟雾中，弟弟像一棵被狂风刮倒的小树，扑棱棱地就倾倒了下来。我心头顿时悲痛欲绝。我的弟弟，我唯一的弟弟啊，你怎么就不知道躲避傻乎乎地向前冲呢！我顾不上周围不断响起的枪炮声了，使劲地冲到了弟弟的身边。我看到弟弟失神的眼神和他满身的泥土灰。我没有看到弟弟身上喷涌而出的血，只看到弟弟的裤裆处湿漉漉的，像刚刚浇过水。

弟弟满脸淌着泪，叫了声：哥，哥，我想回家，我想回家了。弟弟的声音很微弱，我认真检查了他的身上，擦破了一点皮，没有大碍。我的弟弟，他还活着，哪怕他被吓得尿了裤子，那又怎么样？至少他还活着。他是我的弟弟，我还有弟弟。

经过这次死里逃生后，弟弟也学得乖了，他知道了向前冲的鲁莽和凶险。好几次的战斗，弟弟都选择躲在了我的身后。我的身后是最安全的。我是哥哥，弟弟要出状况，也要哥哥先有状况。做哥哥的存在就是为了保护弟弟的。

又一次战斗，据说我们是占尽优势的。连长说：我们有一个团的兵力，对面只有一个排的人，这就是石头砸碎鸡蛋的事儿。为了抢占功劳，连长主动向团长申请，我们连担任主攻的任务，一定拿下对面的那个排。战斗打响了，我们连的人呼啦啦地向前冲，我以为这就像是连长说的，可以不费吹灰之力就结束战斗。当然，我和弟弟是不会怎么出力的。甚至，我的心里还在想着连长的傻，为什么要主动去当这个主攻……

后来证明，连长是真的傻，我们连折损了三分之二的战士，都根本无法拿下阵地。连长的脸都绿了。

为了尽快结束战斗，团长让五个营全线冲锋，也花了好几个小时才拿下了阵地。连长沮丧地和我们说：那些八路军，几十号人，我们用了几千人才拿下，太可怕，太可怕了……

这也是我第一次，听到了八路军这个字眼。

那时的我，真的还小，也是后来搞明白了，八路军是我们中国共产党领导的队伍，是好人，是那个时候帮助穷人反抗压迫的队伍。爷爷怎么可以和好人的队伍打仗呢？爷爷和八路军打仗，那不就是坏人了吗？

一个午后，看过一本小人书的我，有几分不解更有几分不可思议地看着爷爷，爷爷不像是个坏人，爷爷对我非常的好啊，爷爷对别人也都非常的好。爷爷如果是坏人，他就不会对我好，也不会对其他人好了。那时我的脑子里就是一根筋，感觉好人做的事情就一定是好事，坏人做的事情就一定是坏事。

我冲进了爷爷住的那间屋。爷爷的屋，在我们屋的隔壁，没我们的屋好，灯也没开，里面黑乎乎的，感觉站在里面的爷爷的脸，也都是黑了。

我迫不及待地抛出了我的问题：爷爷，八路军是好人，你们和好人打仗，不就是坏人了吗？

爷爷突然笑了，摸了摸我的头，说：你说得对，八路军是好人，是救我们广大老百姓于水火的队伍，所以呀，爷爷后来也加入了八路军，从一个坏人，变成了一个好人……

啊？坏人还可以变成好人的吗？这个……我的脑子里懵了一下，这个让我难以理解，也把我给难倒了，还有什么水火的，我也没明白。但我看到了爷爷一如往常般慈祥地笑，我的心头顿时也像是盛开了一朵快乐的花儿。爷爷既然后来成为八路军，那也就是好人了，这让我心头的一块石头落了地。

爷爷还因此兴致勃勃地和我聊开了。

那一个晚上，是一个寻常的晚上，像昨天的晚上，前天的晚上，可能也像今天的晚上，爷爷说得挺有悬念般地，这让我不得不屏住呼吸一样地去倾听爷爷接下来要讲的话儿。我和弟弟，还有那个老兵一起说好的，半夜，我们一起逃跑。方向是东南方，东南方那边只要翻过一座山，就能完全地逃出这里，离家的方向也就近了。我和弟弟说好了，你先走，我和老兵断后。老兵已经成了我们的好朋友，他被抓过来之前，刚结婚不久，媳妇是他青梅竹马的一个漂亮姑娘。一说起那个姑娘，老兵的脸上就像是乐开了花，他说怎么形容我媳妇的美呢，这个，这个……在老兵吭哧吭哧想的时候，我和弟弟就忍不住笑了。老兵说：这次他要能逃出去，一定要好好陪媳妇。他被抓过来当兵已经快三年了！

那个晚上的夜色不错，特别特别的亮堂。能把一个又一个人的身影都照亮。就是这样一个太过明亮的夜晚，我们三个人偷偷地低身走出去，刚走到军营的边缘，就被巡逻兵给发现了。去哪儿呢！有逃兵！一时间枪声响起，噼里啪啦地在我们身边炸响，我们低着头，迅速地往外面跑，但子弹几乎就是追着我们在跑，我们怎么跑子弹就怎么追。也是因为，那一晚太过明亮了，这狗日的！

爷爷居然还骂了一声，我愣愣地看着爷爷，因为听得紧张，脑子里也是沉沉的，像我也是那个在当时逃跑的人。

老兵是首先中弹的，他原本就在我身后不远，我听见他哎哟叫了一声，人就无声无息地倒在了地上。而在短短一二秒前，老兵还像只奔跑的兔子般地和我一起在跑。我的脑子里像跳过什么似的，有过想要喊老兵，快起来快起来，跟我一起跑呀，你青梅竹马的媳妇还在家里等着你呢……但是，我不能停下来，我怎么能停下来呢，停下来子弹就会更快地飞过来。

在弟弟倒在地上的时候，我也想过去扶他。弟弟是脚上中了弹，弟弟看着我，急急地说，哥，哥，哥……弟弟急促地叫着我，说：哥你快跑，我不能跑了。我原本是在弟弟的身后，很快就到了弟弟的面前。弟弟说：哥，哥，爸妈就靠你了，你快跑吧！我朝弟弟点了点头，其实我当时也为难，在弟弟反复叫我走时，我是不是应该停下来救他呢？但如果我不走，可能真的也走不了了。我只知道后来风在我耳边不断地响起，呼呼呼的，我不顾一切地在往前面跑，直到子弹在我的身边跳来跳去，直到枪声在我耳边渐渐远去。

在爬过那座山时，我气喘吁吁，回过头看了一眼，已经什么都看不见了。

我说：后来呢？

有一会儿，爷爷没有说话。后来，爷爷看着我，说：你还想听吗？你不用去玩泥巴了？我把头摇得像拨浪鼓，说：不玩了不玩了，我只想听爷爷讲故事。

爷爷突然长叹一声，像是有万千的压力在他心头，却又不得不想办法卸下来。

爷爷说：我在路上走了好几天，好不容易回到了家。我以为爸妈一定在家里等着我，可家，哪还有什么家啊，原本整齐的村落里，到处都是倒塌的房屋，或是一地的瓦砾和碎片，根本就没有人住的迹象了。后来还是一个背井离乡，幸存的邻居告诉我的，自我和弟弟被抓走后不久，一场战斗在村子附近打响，无数的炸弹声，和此起彼伏的枪声，当然也波及我们村，数不尽的房屋被炸倒。爸妈，和好多的村民就是在炸弹中没有了，村子也就此成为现在的这个样子。

我无法形容当时我的心情，我不顾一切地想要逃出来，可就是因为这样，老兵没了，弟弟也没了，爸妈也没有了。那我逃出来干什么呢？原本，如果不是因为我说要逃出来，也不会让弟弟没了，可能我们还好端端地在军营里。我能想象到，腿上中枪的弟弟被他们抓获后，肯定是要被枪毙了。战场上吃到败仗不可怕，可怕的是在打仗过程中出现逃兵，逃兵一定程度上会影响部队的士气。我亲眼见过许多逃兵在抓获后，毫无例外地被送上了刑场……

爷爷又不说话了。

我的眼睛定定地看着爷爷，似乎，我也在试图体会着爷爷当时的心情。

爷爷说：后来，在我没有了家后，又找到一个新的家，那就是我参加了八路军，就是当时和我们打过仗的那支神奇的部队。和最早我和弟弟被抓去当兵不同的是，这次，我完全是自愿的。因为八路军是真正属于我们劳苦大众，我们这些无家可归的人的队伍，还有我们这支部队的长官，都和我们一样，也是苦出身。我看到我们的连长营长团长们，甚至更高一级的首长，穿着和我们一样打着补丁的衣裳，吃着和我们一样的馒头、野菜，他们非常客气地和我们说话。不像那个队伍里，军官眼光凶得就像是要吃了我们，或者随时因为犯什么错误而被直接拉出去枪毙了。在这里，我们每个战士都可以笑眯眯的，这里，真的是成为我的家。这也不得不让我想到，我曾经参加的那次战斗，那几十个抵挡几千人攻击的战士们，在之前我觉得很不可思议，但现在我已经不再怀疑了。这，完全都是有可能的。因为，每个人都是真心实意地在当兵，真心实意地豁出命来保卫我们身边的人，也是我们的家人。

我当上八路军的第一次战斗，是一个保卫战。我所在的营负责守住一个阵地，阻止敌人从我们的防线通过。我和战友们奋力挖工事，全力以赴地做准备，营长巡视到我们的阵地上，脸色马上就变了，说：你们挖得太浅了，还需要挖深许多。这个一直面色苍白的年轻营长，似乎比我大不了几岁，往日很客气的他，第一次这么严厉地批评了我们。这也说得我们把头都低了下来。刚好我们的排长也过来了，营长凶他：你是老红军战士了，你挖个深度给他们看看。排长点点头，拿起铁锹，拉开架势就把土往上面扔出去，把工事越挖越深，几乎要没过我们的头了。我一时没忍住，很诧异地说：这么高，我们怎么打敌人呢？这看都看不见了。营长定定地看着我，突然又笑了。营长说：第一次参加战斗吧？我说：对。现在想想，当时自己的胆子还真够大了，要换以前的部队这样，早就被关起来狠狠揍一顿了。营长说：那没关系，到时我们可以把大石头搬过来垫高了再打。又看了我和其他战士一眼，其实我们里面好多都是刚参加战斗的新兵。营长说：比起挖得深一点，没有什么比让我们更多战友活下来更重要的了。营长的这个话，我当时没听太懂，但我们还是按照他说的深度，继续往下挖。当然，我心里头还是半信半疑，这年轻的营长，是不是过于杞人忧天了呢？

几个小时后，敌人的飞机在我们的头上像一只只讨厌的大苍蝇般飞过，顺便还扔下了一枚枚的炸弹，我才真正感受到营长的话是真的有道理。当炸弹在阵地上轰隆轰隆地呼啸而起，并且卷起了一浪接着一浪的巨大气流，我们哪怕是躲在这么深的工事之中，依然是被这惊天动地的轰炸声给吓到了。这甚至让我在想，我应该把这工事挖得更深一点再深一点。我还看到有几个战友，在这炸弹的气流波中，被从工事中掀起，整个人马上就没有了……

说到此，爷爷停顿了下来，眼眶已经湿了。

战斗持续了三年，我跟随部队走南走北，参加了一场又一场的大小战役，也取得了一次又一次的胜利。我身边的战友们，好多人在战斗中没有了，但很快就有更多，也更年轻更热切的战友加入了进来，这也让我们的部队越来越壮大了起来。

那次，是我们参与解放一座县城的战斗。

当时，我们以前的营长，现在的团长就和我们说：一定要速战速决，县城里虽然有敌人两个团的兵力，但我们有数倍于他们的人数，同时，敌人的援兵随时也会从各处增援而来，负责打阻击的部队不一定能坚持多久，毕竟敌人的装备比我们好。所以我们一定要尽快拿下县城，减少兄弟部队的伤亡！

战斗打响后，我们团是负责东门的主攻，我所在的营是负责第三梯队的冲击，在前两个梯队的战友冲出去后，我们也是热血沸腾地随时做好冲锋杀敌的准备，站在我身旁的战友小胡比我小6岁，当时刚刚15岁，和我弟弟被抓去时一样的年龄。小胡报名参军时，我也在，负责参军的战友问他：你多大了？小胡说：17岁了。战友不信，说：不可能，你一定只有十三四岁吧。小胡说：我真的17岁了。小胡站在那里，瘦瘦矮矮的，怎么看都不像个17岁的人。但小胡最后还是顺利参军了。小胡说：参军保家卫国，为什么一定要有年龄限制呢？刚好巡查走过的团长，也就是以前的营长看到了，点名要了小胡，并且让小胡跟着我，让我照顾着点。我敬了个礼，大声说：保证完成任务。小胡跟我一个多星期，才悄悄告诉我，他其实是 15 岁。我笑了，说：我早就看出来了。小胡又说：他的爹娘，还有其他亲人，都是在这战乱中没有的，所以他要当兵，他要战斗打坏人！我看着他，说：你很像我弟弟，他那时也是 15 岁。小胡说：那你的弟弟呢？我摸了摸他的头，没说话。

在第一、第二梯队先后冲上去后，很快，就轮到了我们营。原本小胡在我后面的，冲锋时，小胡跑着跑着就冲到了我的前面。炮火声，子弹声在我们的身边此起彼伏地响起，人在炮火中都不由得发抖，但没有人会畏惧，我的身边都是呼啸着像风一样向前冲的战友们。我看到小胡的脸上也闪着坚毅的不顾一切的光芒，像前面有他期盼的美好的生活和家园。

一阵激烈的战斗过后，我们冲破了东门的敌人的阻击，从被炮火炸毁的大门处冲进了县城。县城里还有残余的敌人部队，我们要一并将他们歼灭把县城拿下来。

县城内的战斗远比县城外的战斗来得简单，但这种简单的背后同样存在着种种的危机，因为这里无法使用炮弹和重型武器。在我们进入一条条的小巷子时，时不时的遭遇到了冷不丁的一阵阵的阻击，但我们行进的速度还是挺快的，我和小胡，还有几个战友冲在了队伍的前面，从心里头跳出的是兴奋。距离我们要到的县城的中心，已经很近了。也许就是我们这批人能率先拿下县城，把我们的红旗高高地竖起来！

在我们处于无比兴奋，或者说是激动的状态下，突然从一间屋子里冲出来几个人，朝我们一阵射击，我冲在最前面，子弹几乎是迎着我而来。我根本来不及反应，身后的小胡已经一把把我拉倒了，子弹射中了小胡，小胡几乎是没有声息地躺在了地上。反应过来的战友们连着朝他们一阵射击，在那几个模糊的面容里，我似乎看到了弟弟就在他们里面，还朝我们扣动了扳机。战友们击中了对方两个人，其他几个人马上就跑掉了。我从地上爬起来，赶紧去看小胡，往日和我喜笑颜开的小胡，这个时候都不和我说话了，我怎么唤他他都不理我，我的脸上淌满了泪，我的手上都是小胡的血。这个和我弟弟那时一样年纪的小胡，再也不能和我说话了。

我不知道后来是怎么样的，我像做了一场梦，梦醒后也是战友们告诉我的，我们取得了胜利，我本来是牺牲了，小胡因为我而牺牲了。我的梦里，还有那个对面那些朝我们射击的敌人。战友们说：那些敌人被我们击退了。其他的，他们也说不出什么了。我其实想问，那里面是不是有像我弟弟一样的一个人？但我没有问出口。战友们不认识我弟弟。弟弟，弟弟不是在我们逃跑那次，就没有了吗？

说到此，爷爷的脸上凝重得像一座山。一座巍峨而冰冷的山。

我再问爷爷，爷爷怎么也不愿说了。爷爷看着天上的这片蔚蓝的天空，一直看了好久。我也抬头看这片天空，除了匆匆行走中的朵朵白云外，什么也看不见。爷爷，到底是在看什么呢？

后来，我也问过爷爷好几次：后来，后来又发生过什么？或者说，后来他是否确认过，那个像他弟弟一样的人，是真实存在的吗？还是他的幻觉？爷爷都没有吭声，像是没听见，又或是他压根就不想说呢？但我能看出来，爷爷对他的弟弟，是有歉疚的。

有一天，爷爷喝醉酒后说：如果没有我建议的逃跑，也许弟弟就不会死，那个老兵，甚至小胡也都不会死。

爷爷酒醒过后，又什么都不说了。

爷爷是在一年冬天走的。

那时我已经 19 岁，在大学明亮的寝室里翻着书，翻着翻着，我的脑袋突如其来的痛。然后我寝室的电话响了，接过电话，我听到了父亲低沉的声音，你爷爷走了，刚刚。电话挂了。我手上的话筒，连同桌上的书，都轻轻地滑落了下来。

爷爷离开时的那个谜，是在多年后，似是有了一个结果。

那也是一个冬天，我已经在县里参加工作了，父亲给我打电话，说：你回来一趟，急事。电话挂了。遇到急事时，父亲一向是这样，不说一句废话。这一点，像爷爷。爷爷如果不愿说话时，无论你想什么办法，都没法从他嘴巴里撬出一个字。

我们家农村的楼房里，我还是第一次看到了这么多张的陌生面孔，从院子里，一直到屋子里，像发生了什么大事，这也不由得让我有些紧张，这是出什么事了吗？直至在朝南的那间屋子里，桌子旁的一张长凳上坐着一个老人，两鬓也已有些斑白，父亲也坐着，母亲和其他几个陌生的人都站着。这是一个完全陌生的老人。但看起来，父亲和这个老人谈得很好，时不时地还客气地点着头。我看着这老人的神情，又似有几分的熟识。

我是在后面站了有几分钟，老人的目光已经有一次扫向了我，因为他和父亲的交谈还没结束。直至他们的谈话告一段落，父亲起身，面向我，并朝我招了招手，我走近了几步。老人也已站起。父亲指了指老人，对我说：叫爷爷，这是你爷爷的弟弟。我脑子里闪了一下，爷爷的弟弟？爷爷的弟弟不是在那次逃跑中没有了吗？难道真的还活着？老人看着我，说：你，你叫陈星岩？我说：对。老人点点头，说：星岩，是我们一个战友的名字。老人似进入了回忆之中，又说：那一晚，我们从军营里逃出去，我，你爷爷，也就是我哥哥，还有就是那个战友，他叫曹星岩。老人说着话，又似身临其境般地，说：可惜了，可惜了，亏得你爷爷跑掉了，我是脚上中弹了，没跑掉，曹星岩身上中了几弹，当时人就没了……老人眼眶里，瞬时滑落下几颗浑浊的泪。

真相似是大白，怪不得爷爷老说弟弟还活着，那果然是活着了吗？我的脑子里快速地闪过几个疑问，后来你活了下来，那你又发生了什么呢？还有，爷爷说在后来的一场战斗中，似乎还遭遇到了他的弟弟，当时一个战友小胡为了救他还牺牲了，那真是你吗？还有还有，这么多年了，为什么你到现在才想起找爷爷，其实你早就可以来找爷爷了啊……

那么多的疑问在我脑海里闪过，我却没有问出口。

老人和其他的陌生人走出了屋子，走到了马路上，又钻进了路边停着的车子里，车子在一溜烟中离开了我们的视线。

父亲说，老人是从台湾来的，老人的身体也不好，这次回来也是想看看你爷爷，不想留遗憾。可惜，你爷爷早几年就不在了。

我把那些想要问的没问出来的话儿，一并说给了父亲听。

父亲安静了好一会儿，说：比起那些在保家卫国中牺牲的人，其实那些问题是真是假，根本已经不重要了。

一阵风儿轻轻从我脸庞拂过，一面火红的五星红旗在我心头升起，无数的先烈握着枪为了国家为了民族不顾生死地向前冲，越跑越快……

发表于《北方作家》2021 年 2 期

◀ 仇恨的刀锋

夜色苍茫。

王武在一片齐人高的野草之间醒来时，这个七尺大男人，眼眶已经红了，但没有泪水。王武一向是不淌泪的。很小的时候，爹就说，咱男人可以流血，但绝对不可以流泪，懂不？那个时候，王武是听不懂的，但迫于爹那双极具威慑力的眼神，王武还是点着头，说，爹，我明白了。直至后来，和村里的伙伴们打架，哪怕是被打趴下了，其他被打的孩子都哭得稀里哗啦，就王武，愣是皱着眉头，高昂着头，一滴眼泪都没有。

几个小时前，王武还在自家的院子里，美美地想着下个月娶媳妇的事儿。新媳妇是不远处赵庄的年轻姑娘，叫杏花。杏花很美，特别是笑起来的时候，脸上微微绽出的酒窝，更美了。

看到王武一个人傻笑的样子，娘笑着说，儿子，是想媳妇了吗？瞧把你给乐的。王武不好意思地说，娘，我想正事呢。娘说，你说，啥正事？王武说不出来了。娘又笑了，说，傻儿子，想媳妇，这也是正事啊。娘还说，儿子，杏花我看着是个好姑娘，你一定要记得，好好地待人家。王武说，娘，您放心吧……

正说着话，传来一阵急促而响亮的枪声，还有一阵紧着一阵的呼喊声惨叫声，鬼子来了，杀人啦！快跑啊！爹从外面急匆匆地跑进来，关上院门，一脸惊恐颤着声地说，儿他娘，小武，日本鬼子来杀人了，咱们，咱们快往后山跑！娘进屋，要去收拾东西。爹真是想哭的表情，说，他娘，这都啥时候了，还想着那些东西，赶紧跑，逃过一条人命，这比什么都强啊！说话间，枪声和惨叫声越来越近了。

王武家的后院，就是一座山。山名叫虎狼山。山中据说有虎也有狼，但在这比虎狼更凶残的人面兽心的刽子手面前，这真正的虎狼又算得了什么呢？

打开后院的门，王武走在前，爹娘跟在后面，跑过一大片菜地，再蹚过一条大河，就是后山茂密的丛林间了。

王武跑得快，没几步，就穿过了菜地，到了河边。转过头，爹，娘，还在后面跑着。

枪声，已近在耳边。甚至，还隐约能听见一个大喊的声音：八格！前几个月，王武进过一次县城，看到过这种声音的主人，凶神恶煞般，一张随时会吃人不吐骨头的脸。这种声音，足以让人胆寒。

王武焦急地喊了声，爹，娘，你们快一点啊！王武转过身，要去搀爹娘。

枪声在耳边清晰地响起。

娘应身倒在了菜地里。

几个荷枪实弹，穿着一身黄衣服像蝗虫一般的日本鬼子已探出了头，眼睛里似冒着冷冽的光。

爹在娘的不远处，爹的脸上满是悲伤。

爹似乎是用尽了全身的气力，喊，儿子，快跑啊！别管我们了！

王武看了一眼爹。王武停住脚步，想说，爹，我就是死了，也一定要把您和娘带走。

枪声再次响起。

爹也应声倒在了菜地里。

王武怒吼一声，爹！

这一刻，王武的脑子里竟然出乎意料地清晰，心里只想到了两个字：报仇！王武不再犹豫，一头跳进了河里。河水冷到刺骨，更刺骨的，却是王武心头的痛。有枪声，打在河面上，王武赶紧一个潜水，将自己沉到了河里。王武有多少岁，他在这条河里玩了就有多少年。王武摸索着，在河里慢慢地游动，往下游慢慢地游。王武强自掩住内心的痛，他只想快一点，快一点离开这里。

"在下游的某一处，王武慢慢探出了头，天色已经暗淡下来，天边有些红，像血一样的。"

王武上了对面的岸。再往上，就是密林了。

枪声突然又急骤地响起，击中了旁边的树上。王武来不及反应什么，赶紧撒开腿，直往密林深处跑，不顾一切地跑。

枪声已远。

在一处齐人高的野草丛中，王武跑不动了，他完全控制不住自己的身体，一下就栽倒在地，人事不省。

王武醒来时，身上的衣服，早已干了。天将黑未黑，王武瘫软在地，想起了爹娘，心头就痛。猛地，王武想起了杏花，那个恨不得马上娶回家的姑娘！王武瞬时就站起了身，尽管身上疼痛却已经顾不上了。王武想，杏花，爹没了，娘也没了，我再不能没有你了……

去赵庄的路，也像被血雨腥风侵袭过。不时地，路边能看到倒伏在地上的乡亲。这条通往赵庄的路，就连空气中也弥漫着血腥味，还有无比紧张的风。

风是紧的，王武微微感受到一丝凉意。

走到赵庄，已经是下半夜了。

下半夜的赵庄，一片黑色的冷寂。冷寂到王武有种不祥的预感。因为没有光，只能借助于夜色的苍白，王武摸索着到了赵庄的门口。王武看到一个人倒在那里，匍匐着，像是沉浸在深度的睡眠中。但显然，他已经无法醒来了。

夜色下，赵庄的院落之间，不时有人倒在地上，各种姿势都有。王武的鼻子酸酸的。

终于到了熟悉的院落前，院落的门虚掩着，王武的心越揪越紧。甚至，在快要走近院子时，王武想过要逃跑，逃得远远地，跑得远远地，他并不想知道什么结果，他有点不敢接受这样的结果！

院子里，没有杏花。

院子里，洒下一道月光。月光亮亮的，王武的心沉沉的，随时像是要掉落下来。

房间的门，吱呀一声被打开了。王武看到了杏花，杏花在向他微笑。杏花说，武哥，你终于来啦？王武说，花儿，我来了，你没事吧？杏花说，武哥，我好着呢。王武说，花儿，让我看看你，你真美，像这天上的月亮一样。

此刻，杏花没有说话。

此刻，杏花静静地躺在地上，手伸展着，像一个凝固着的木制的雕塑。杏花美丽的身子在月光下闪着圣洁的光芒。

王武找了一件衣服，将衣服轻轻盖在杏花身上。王武说，花儿，没有比你更美的女人了。王武说，花儿，你是我最美丽的新娘……

王武还是没有哭，手攥得紧紧的，痛！

掩埋了杏花。

掩埋了爹，还有娘。

王武身上多了一把刀。刀是爹去集市买的。爹一直想让王武做屠夫，说屠夫这活儿看起来粗，但可以吃饱。王武不愿，但拧不过爹。王武拿着刀，宰杀了家里的一只鸡。刀很锋利，王武将鸡切成一小块一小块，动作别提有多自如了。爹在旁看着，不知是在看这把锋利的刀，还是在看王武，说，好，好。爹赞许地点头。

那个时候，阳光正好，娘在院子里缝合被单，娘说，我就觉得杏花这姑娘好呢，做俺家媳妇合适。

杏花是姨娘介绍的。

姨娘说，武儿，我给你介绍一个好姑娘，要不？

王武懵懂地表情，有一会没反应过来，要吗？还是不要？王武傻傻地没吭声。直至娘在旁乐了，说，他姨娘，你就给他介绍吧，这娃儿不好意思说！

直至杏花到了王武跟前。

杏花的脸周正，清秀，一头扎着小辫子的乌黑头发，苗条的身材，嘴角微抿，略显羞涩。

王武看了眼杏花，眼睛收不回来了。

杏花的脸，不由自主地就红了，像一枚火红的大苹果。王武发现了什么，慌忙将自己的眼睛移开。

姨妈在旁看着，乐呵呵地笑。

后来，杏花问王武，武哥，你那天看什么呢？

王武说，看你呢。

杏花说，看我干什么？

王武说，好看呢。

杏花说，比我好看的姑娘多了。

王武说，我就觉得你好看，好看好看……

一想到这，王武的心头，像是被扎了一把刀，一把冰凉凉的刀，就这么刺到了身体的深处。

王武的手上也有把刀。

一把用来报仇的刀！

王武去了县城。他要报仇的鬼子们，都在县城。

又是一片漆黑的夜，王武在县城的青石板路上小心地行走。

县城这里戒备极其森严，时不时地，就有三五个排成整齐队列的日本巡逻兵背着枪"踢踢踏踏"地走过。

王武有些累了。或者说，也是走路走得乏了。还有心里的悲痛，让他整个人都有些恍惚了。

过一个拐角处时，是灯光过于黯淡了，还是王武走路开了小差，就有一个人，跌跌撞撞地撞了上来，一下子把王武撞出了好几步远。是一个日本武士的装束，显然，武士还喝了不少的酒，喷着酒气，骂骂咧咧叽里咕噜的不知道在说什么。

武士还用他那双因喝过酒而通红的眼睛，恼怒地瞪视王武。王武心头也有一团火，手不自觉地握住了胸口的刀。有几个日本巡逻兵迈着"踢踢踏踏"的脚步，从旁侧走过。王武将心头的火压了压，又将拿住刀的手松开了，冰冷的刀贴在胸口处，有点凉。

王武还是选择走开了。

王武跑出了好几十步，才回过头看了眼武士。武士已经转身，整个人摇摇晃晃地，像一只笨重的大熊，继续在淡淡的夜色中行走。

王武心里一动，不由得悄然跟在他的身后。

看着这十几米外的武士的背影，王武想到了爹娘，也想到了杏花，那些惨死在日本人枪口下的父老乡亲。他们都是无辜的，王武不明白，这些日本人杀了那么多无辜的人，他们还是人吗？不是！他们是魔鬼。他们一个个都是魔鬼！只有魔鬼才会做出那种惨绝人寰的行为。

而眼前的这个日本武士，无疑也是魔鬼中的一员。这个是醉了的魔鬼。王武要杀了这个魔鬼！

王武跟着武士走了好长一段路。

武士走了一段，在一处屋子旁靠了一会，是走累了吧？武士伏在那里，歇了好一会儿。王武躲着，也躲了好一会。

期间，武士还撞到了一个捡垃圾的老头。老头背着两大袋的垃圾，没看清前面的路，武士也没看到前面的老头。武士的头就撞上一袋垃圾。武士过了几秒才反应过来，一脚踢飞了一袋垃圾。被踢开的垃圾像被开膛破肚的国人一样，被扬了一地，老头是想逃跑的，但他根本跑不过冲上来的武士。武士狠狠地踢了老头好几脚。老头被踢翻在地，抱着另一袋的垃圾，嘴里呻吟着，似是被踢得不轻。

武士像是发泄过了，嘴里发出呵呵呵的得意笑声。

武士继续往前走，走得摇摇晃晃，嘴里还哼起歌，叽里呱啦，鸟语一般。

终于，武士走进了一处人迹罕至的小弄堂。

身后的王武悄然凑近了武士。武士似乎察觉到了危险，头猛地转过去，就看到了王武。王武已经掏出了刀，那把锋利的在夜色中闪着寒光的刀，风一样地扎进了武士的前胸。这一点来说，王武做屠夫的潜质是完全发挥出来了。武士还没来得及说出话儿，王武迅疾地拔出了刀，又风一样地扎进了武士的身体里。

胖得像一头猪的武士，摇摇晃晃、安安静静地倒在了地上。

一大早，王武躲在巷子尾睡觉的时候，突然听到了警笛大作，无数个荷枪实弹的日本人疯了样地呼啸跑过，去的，正是王武杀死武士的方向。王武心头微微一紧，胸口的刀，还在那里，像一团点燃的火。

王武悄然站起了身。

要赶紧跑了！王武刚走了没几步，身后被一个硬硬的东西顶了一下，冷冷的声音：不许动！

王武就不动了。

身后是一个络腮胡男人，个儿很高，也很壮实，这一点，王武从余光中可以看到，他也估算过，哪怕对方没有枪，自己也不一定是对手。甚至，对方似乎知道自己身上有刀，还有意地朝他的胸口看了一眼，眼神中有那么几分意味深长。

乖乖地，跟我走吧！络腮胡男人又沉声说道。

王武点点头。也是几分钟后想到的，这个人一定不会是日本人。不然，他完全不必费那么大周折，只要大吼一声，就会有好几队的日本巡逻兵奔过来，轻易地把王武制服，甚至拿起手中的枪，朝他开上一长串的子弹。爹娘就是这样倒在这帮刽子手枪下的！

王武跟随着络腮胡男人去了一条僻静的小巷子里，在一个院子前，络腮胡男人轻叩了三下门，这更像是个暗号。开门的是一个有些年纪的男人，一脸警觉。王武被推进了院子，络腮胡还朝院子外的两侧看了一眼，再退回院子，并轻轻地关上了门。

和王武猜测的一样，在里面的一个房间内坐着几个人，一个年轻女子和一个男子正说着话，听到他们进来，就停了话语，看向络腮胡男人，眼睛又聚焦在王武脸上。

络腮胡男人像是他们的头，笑了笑，说，不要紧张，这就是我和你们说的，亲手杀了醉酒的日本武士的男人。像是在夸王武，转而又说，当然，杀人杀得有点没头脑，都没想好退路，就这么武断又冲动地把人给杀了，想过后果吗？想过给其他无辜老百姓造成的伤害吗？……

我，我要报仇！王武的脸憋得通红，是因为被络腮胡男人说得气急，还是因为激动，总之，声音都有点颤抖了，你们，你们到底是什么人？今天被你们带到这，要杀要剐随你们！

边上的年轻女子突然笑了，有点像是阴沉沉的天空里，猛地跳出了一串彩虹般绚丽多姿。也确实，年轻女子很美丽，比杏花还美。如果说杏花的美，是农村，带着土味的美。那眼前的年轻女子，就是高贵的美了。一看就是从大地方来的人。

果然，那个年轻女子说，我叫邱雪，他叫孙达成，另外两位也是我们的同志刘永雷和赵启化。我们是来到这个诸城县城的八路军情报员。这个叫邱雪的女子指了指络腮胡子和另外两个男子。场面也因为邱雪的笑意而变得轻松了许多。

八路军？王武没完全听明白，这是个什么队伍。他倒是从没听说过呀。

邱雪似乎看出了王武的疑惑，忙给王武介绍，八路军是由中国共产党领导的一支抗日武装，也是为保护老百姓，与日本侵略者对抗的一支武装力量，目前我们的新一团就在附近，准备拿下诸城县城的鬼子，但因为部队不了解县城里面的情况，所以派我们几个人进来侦察，以把情报反馈给队伍。对了，孙达成同志就是我们侦察排的排长。

邱雪又指了指络腮胡的男人。

那你们，是真的打鬼子吗？过了一会儿，王武问。

当然，我们来这里，就是为了打鬼子，解放县城的。孙达成很坚定地点头。

那我，可以加入你们吗？王武问。

说着话，王武眼圈又红了，这么一个二十郎当岁的男孩子，苦撑了这么久，对着眼前的几个人，他把爹娘，杏花，还有好几个村的乡亲被屠杀的事都原原本本地说了出来，说到后面，有点哽咽，强忍着还是没哭。

半晌，孙达成说，你可以加入。不过，我们是有纪律的，一切都要听从指挥，不能像昨天那么乱来了。

孙达成又说，记住，你的刀，要用在刀刃上！

王武跟随孙达成，执行的第一个任务，是去见一个人。那个人住在县城的一个靠近日本驻军的大院子里。

县城长长的青石板路上，孙达成和王武徐徐地往前走，不远处有一队日本巡逻兵排着队列高昂着头走过去，眼睛还不时地往这边瞄了一眼。王武的眼睛不自觉地要看向他们，被孙达成重重地揪了一下手，轻声说，不要看，自然一点。王武点点头，赶紧把眼光给收了回来。

这一条走到大院子的路，足足走了有七八分钟。

在那个大院子的门口，孙达成敲了三下门，没有回应，顺势地又敲了三下，就听到里面的一个声音，谁呀？

孙达成说，是郭队长吗？我是郭老太爷让我过来的。

那个声音说，你等等。

门闩抽动打开的声音，吱吱嘎嘎地往两侧开了，一个戴着伪军军装的大胖子跃然在面前，你们是？大胖子看到他们俩，刚要反应，孙达成高大的身子早已上去，一只手很轻松地拢住了大胖子的肩膀，另一只手上的硬物也顶在了他的后背，低声说，不要动，跟我进去。大胖子只好跟随着往院子里面去。王武也跟在后面，往院子外探了一眼，确定没有别人看见后，轻轻地关上了院门，赶紧跟了进去。

屋子里，孙达成坐着，大胖子蹲着，头像鸡啄米般地摇晃，说，英雄，不，好汉，我不是坏人，我给日本人做事情，我也是被逼无奈呀，求求您一定放过我，皇军，不，鬼子就离这不远，您看您要是走，我绝对不会叫出声，我就当你们没来过……

孙达成冷冷一笑，说，郭队长，我们今天不装了，好不好？其实你不说我也知道，只要你吼一声，立马会有十几个甚至更多的日本兵冲进来，但我也有十足的把握，在他们冲进来之前，我手上的枪已经在你脑袋上开了一朵花，即便不小心打歪了，也不要紧，看到门口的这位兄弟没有，他是个卖肉的，身上的那把刀宰掉你是绰绰有余的。你可要想好了！

王武站在旁侧，眼睛扫过来，那冷凛的眼神，看得大胖子不寒而栗。

大胖子的身子明显抖了下，说，好汉，您看，您要我做些什么，我都可以做，求您留我一条狗命。

孙达成说，我只想知道，下一步，鬼子和你们伪军准备攻击哪里，大概什么时间，会有多少人？

大胖子摇了摇头，说，这个，这个我是真的不知道啊，皇军，不，鬼子都还没安排呢！

孙达成说，你是真的不知道吗？

孙达成的眼睛盯视着他的眼睛，大胖子的眼睛明显有了躲闪，说，我，我……

孙达成说，要不要说，你自己想，我可以不开枪，因为开枪会惊动鬼子，但那位兄弟的刀，只要掩住你的口鼻，从你肚子那里入手，因为那里是最柔软的，保证能悄无声息地要了你的狗命。

孙达成还说，别忘了，你是永德村郭老太爷的儿子，你也是个中国人。

大胖子说，我，我……

大胖子的汗在往外冒，似乎是在做激烈的思想斗争，很快，又似下了决心，说，好汉，我，我和你说。

大胖子靠近了孙达成，嘴巴嚅动，悄悄地说了些什么。孙达成听着点了点头，说，你确定你没骗我？大胖子说，好汉，我真没骗你。孙达成看了大胖子一眼，眼神至少停留了有十秒钟，说，好，我姑且信你，若是你让我知道你骗了我，我一定还会来的。

大胖子讪笑着，说，你放心吧，我真的没有骗您。

孙达成起身，说，那今天就这样，我们走了。孙达成走出了屋子，王武没有动，眼神朝着大胖子看。王武又想到了爹娘，想到了杏花和那些死去的乡亲们，和日本兵一起来村里的，还有那些伪军，他们都是刽子手！王武摸了摸那把刀，他，他要报仇！

孙达成叫了声，王武。又说，咱们走吧。王武看了孙达成一眼，没动。孙达成又说了句，走吧！

王武又回头瞅了一眼大胖子，跟着孙达成往院门的方向走。

临要打开院门时，孙达成转身说了句，郭队长，别忘了，你也是一个中国人，请善待我们的中国老百姓。大胖子愣愣地站在那里，忙不迭地点头。

路上，孙达成对王武说，你是不是想问，为什么我不杀这个为虎作伥的伪军队长？因为这个情报，如果日本人发现他们的伪军队长被杀了，他们一定也能猜到情报被泄露了。王武说，那他不会去给日本人汇报吗？他把情报告诉了你。孙达成说，当然不会，如果他去说了，那日本人也会把他给杀了，对这种轻易透露情报的人，日本人也绝对不会姑息的。

任务的艰巨性和困难性是无以复加的，一天，王武刚吃完早饭走到院子里，孙达成从屋子里出来，说，刚好刘永雷和赵启化出城执行其他任务，王武，待会你跟我和邱雪出去一趟。又说，带上你的刀。王武愣了一下，说，好。这还是第一次，孙达成这么认真地提醒他带刀。

他们走出院子，穿过了一条小巷。孙达成和邱雪走在前面，王武跟在后面，步履都是匆匆的。王武没有问去哪里，当然，也不需要问。孙达成是个老侦察员了，他很清楚应该干什么。年轻的王武早已佩服他了，只要是做有利于他报仇的事，他都是无比乐意做的。

不知不觉，他们到了一處烟花之地。所谓的烟花之地，即青楼。王武没去过，刚站在门口，有浓妆艳抹的女人迎过来，他的脸就不自觉地红了，并且往后退了几步。王武有点明白了，怪不得邱雪要乔装打扮为一个男人的装束。

孙达成转身，对王武悄然耳语，你在旁侧的过道里接应我们，我们出来后，到时可能要分三路回到院子里去。王武点点头，说，好。

孙达成和邱雪上去了，进了楼门。王武看着他们的背影，心里有几分怯意的同时，也有些好奇与期盼，这烟花楼宇中到底有些什么？据说这里面的女人是专门伺候上楼的男人的，那又是怎么伺候呢？关于这一点，有一天隔壁邻居鲁叔和他们几个半大小伙说过，还说得是足够的声情并茂，鲁叔说，那里的女人可都漂亮了，你一走进去，她们就会像蛇一样贴进来，搂着你的身子，唤着你，拉着你，靠近着你……鲁叔说得正兴起，刚好杏花远远地从村口过来了，王武赶紧去迎了上去。王武也想杏花像蛇一样贴进来，搂着他的身子，唤着他，拉着他，靠近着他。但王武不敢。王武站在杏花跟前，呵呵呵地笑个不停，杏花就拍了拍他的鼻子，害羞地说，傻样！

王武还在想着的时候，孙达成他们已经进去有一会儿了。刚刚还在头上的太阳，这会儿不知去哪里了，整个天际都像是暗了下来。过道里走来走去的人，都是匆匆忙忙的，其中也有人径直地走向了烟花之地，门口就有浓妆淡抹的女人迎了上去。

孙队长他们，不知道顺利吗？

王武的眼睛瞟向了烟花楼，正对着他的二楼三楼紧闭着的窗。时间在一分一秒地过去，他们还没有下来，王武的手心已经有了汗。是不是今天的任务比较难完成？按照事先的约定，时间越长，任务完成的越艰难，有可能，对方已经在这里设下圈套，孙队长和邱雪已经被捕了！毕竟是在敌人的眼皮子底下，孙达成之前就说，如果他们迟迟不出来，王武就马上回去，把他们出事的事情传达给其他同志，并且赶紧撤离那个院子！王武攥紧了藏在胸口的刀，他想过要冲进去。咬咬牙，他还是忍住了，万一里面有埋伏，自己不也一起被抓了吗？那谁又回去报信呢？他想着，再等等，再等等。

不远处，竟然有此起彼伏的整齐脚步声传来，这一听就是日本巡逻兵，听声音，他们跑得很快，要不了几秒就能跑过来了。

我……

王武心里想着，大不了就冲进去了！弄不好是孙队长他们真出事了，比起孙队长他们，自己的这点小命算什么，杀一个够本，多杀一个就是赚了！

王武在往前移动时，突然有人拍了拍他的肩膀。王武瞬时就要拔出刀砍上去，转身一看竟是孙达成。孙达成低声说，我已经让邱雪先走了，赶紧撤！王武心里一阵欢喜，点头。

两人再分两个方向，悄然地往院子的方向而去。

这一天，孙达成回来时，面色凝重，连邱雪递过来的水杯也没接，说，鬼子秘密对我新一团三营驻地的村子，开展了一次扫荡，三营被打了个措手不及，我们有好几十个战士牺牲了，还有好多乡亲也……

孙达成的眼圈有点红了。

那怎么办？邱雪的眉头也紧锁在一起。

孙达成说，现在唯一的办法，就是速战速决，让咱们的新一团早一点解决县城的鬼子——又说，上次，我手绘的鬼子的主要布防图和兵员部署，已完成了一大半。时间上很紧张了，如果我们可以将这布防图和兵员部署了解得更加清晰些，我们同志的牺牲就可以更少一些。所以，我现在命令——

今晚 10 点，刘永雷，赵启化，负责去把鬼子在西南角的军火库给我炸掉，一来可以炸毁他们的弹药储备，另一方面也把鬼子给引过去——

同一时间，我和王武，去鬼子的指挥部偷布防图和兵员清单，只要军火库一炸，一大半的鬼子都会赶过去，我们就有机会了——

邱雪留守在这里，我和王武，无论是谁把情报送回来，你都要想办法送出去，新一团要攻打进来，全靠你了——

邱雪说，排长，让我和你一起去鬼子指挥部吧，我有经验，让王武留守——

王武说，不不，还是我去吧。

孙达成说，不说了，执行命令吧！

孙达成的声音那么有力，似乎还有些沉重。在场每个人的眼眶，那一刻都红了。谁都明白，这次的任务意味着什么。

夜幕下，孙达成他们将兵分两路，往不同的方向而去。临出门前，邱雪说，小心！这两个字，是对孙达成说的，也是对每个人说的。王武摸了下那把刀。今晚，也许这把刀要唱主角了。报仇！王武暗暗地咬了一下牙关。

路上几乎已经看不到什么人了，他们尽量走得小心，以不引起日本巡逻兵的注意。

终于，他们到了离鬼子指挥部隔了两条巷子的一处墙角处。天上星星点点，孙达成有一会没说话，似乎在思忖着什么。

焦急等待了半晌，离此有些距离的西南方向的军火库突然爆炸声四起，伴随着的是火光冲天，像要把大半边天空都给照亮了。急骤的警报声顿然响起，轰隆轰隆地想要把天都要给拆了。鬼子指挥部那里的声音响起，车辆声，无数人跑步的声音，由远至近，又由近至远，去的应该就是军火库的方向了。

孙达成沉声说，我现在过去，你在外面接应我。王武说，不，我也进去。孙达成说，执行命令！王武没有办法，看了孙达成一眼，只好点头。

别看孙达成身高体壮的，但整个人的身形还是挺灵活的。很快，他就消失在一片漆黑中。夜的漫长等待中，王武又想到了杏花，杏花的浅笑盈盈，杏花的美丽大眼睛，杏花的长长小辫子，若不是这次的变故，杏花就成了王武的媳妇，像娘说的，王武一定会对杏花好的，只要有一口吃的，就一定饿不着杏花。还有爹娘，杏花在，那是多么让王武满足而又期盼的好日子。

正想着，不远处鬼子指挥部骤响的枪声，惊起了王武的一身冷汗，要糟！孙队长不会被发现了吧？枪声四起，还有一排杂乱的脚步声，由远及近，王武已经掏出了刀，刀在夜色中还闪着银白色的光。

一个穿蝗虫服的日本兵以飞快的速度到了眼前，王武刚要把刀砍上去，一个沉沉的声音，是我。竟然是孙达成。孙达成将手上的一份东西塞在王武手上，说，赶紧走，把布防图和兵员部署带给邱雪，拜托了！王武说，一起走吧。孙达成说，一起走就走不掉了，你快走，我掩护你！说话的时候，好多脚步声已经越来越近了，还有各种呼喊声，孙达成一把推开了王武，指给他看前行的方向，拿起枪，就朝着来人的方向"砰砰"地开上两枪。

王武咬咬牙，又看了一眼身后的孙达成。王武以最快的速度往前跑，夜的风声在耳边响起，还有那些杂乱的枪声，越来越远，直到什么也听不见了。王武的鼻子里酸酸的，想要哭。

院子已经到了跟前，王武刚拍了下门，门就开了。邱雪就站在门内。进了院子，又进了屋，邱雪看了眼王武，说，孙队长呢？王武颤声说，孙队长让我把东西带回来交给你，他，他掩护我……邱雪眼里汪出了泪。还没说上几句话，似乎，有脚步声传来，虽然已经尽量放轻了，但因为夜的静谧，这样的声音还是很清晰地被放大了。

王武已经拿出了刀，说，你快走，我掩护你！这一刻，王武感觉自己就像孙达成附体，身上突然也充满了勇气和力量。邱雪说，不，我们一起后院走！院子门有被轻轻推动的声音。王武说，快走吧，不然我们都走不了了。邱雪点点头，将王武刚刚给的东西背着，打开院后门，匆匆离开了。

院子门在轻轻的吱嘎声中打开了，有脚步声徐徐靠近，近到了屋子门口，清晰地看到几个人的影子像贴在窗口，王武冷笑了一下。门被狠狠撞开的同时，等候多时的王武早已挥舞起手上的刀，刀风一样地在一个黑影的脖颈处轻轻划了一刀，应声倒下。又一个黑影扑过来时，王武的刀再次飞快地划过了他的脖子。

枪声响起。

王武手上的刀，又像长了翅膀似的扑向了那个开枪的黑影。杀了一个够本，杀了两个三个是赚了。王武缓缓地倒在地上，他看到了爹娘，也看到了杏花，还看到孙达成他们，都在朝他笑，朝他竖起了大拇指。王武还看见邱雪把东西送到了新一团，新一团对县城发起了猛攻，日本鬼子被打得片甲不留。

王武缓缓地、轻轻地闭上眼睛，眼角流下满足的泪水。

发表于《火花》2021 年 3 期

◀ 深山心路有人问

　　那是孙有贵最难受的几天。难受在于，又有几个乡亲找上门。前脚刚走老邻居孙十材，跟着来老邻居古德新、赵启华几个人，目的不言而喻，都是为了孙正宏。"你多跟你家正宏说说，他一定听你的。""不管有多大的误会，他终究是你儿子，你终究是他爸对吧？""正宏他们企业援助哪里是援助，援助咱这里也不是不可以呀！"……谁也不曾想到，从前那个不起眼的小屁孩孙正宏，有一天带着他的企业越做越大，据说资产已经几十上百亿了。既然他这么有钱了，那孙正宏就完全有能力，也有话语权要求援助哪里的。最近新闻里时不时也在播放孙正宏和他的公司在援助希望工程，援助贫困地区，又是出钱又是出人的感人事迹。

　　孙有德也明白这些老哥们，随着国家新一轮要求新农村建设的脚步，这一片因交通不便而贫困的偏远山村地区，年轻一辈早带着他们的儿女们在城里停留了下来，或是去异地工作生活很少回来，村子里只有他们这些老人们。这里坑坑洼洼的几十里山路、泥路，沿途荒芜的农地，只有老人们还勉强种些农作物。但每次从地里回来，哪一个人不是腰酸背痛地喊累，真的岁月不饶人啊！说是新农村建设，但都没有一条好路，人家怎么走进来建，不可能靠他们这批老人们去建吧？

屋外一片漆黑，许久没有人声鼎沸的朝气，只有杂草丛中叽叽喳喳此起彼伏的虫鸣声。屋内灯光并不亮堂，像孙有德并不亮堂的心间。好多日子没和儿子孙正宏联系了，儿子没主动打过来，孙有德也没脸打过去。最近的一次联系有半年多了，是孙有德打过去的，儿子冷冷地声音："什么事？"孙有德说："没，没什么事。""没事，那就这样吧。"电话挂了。

孙有德知道，儿子还记着他妈妈那个事情，那是他们父子之间解不开的结。那个永远让他不堪回首的过往。每次想起，总让他扼腕痛哭，又悔之莫及。

那年冬天，比以往任何一个冬天都要冷。如往常一样，孙有德吃好晚饭，碗筷一扔，嘴巴一抹，进房间看电视去了。满屋子都回荡着电视里响亮的声音。猛地，似乎听到厨房里发出"砰"的声音，也没多在意。过了好久，孙有德渴了，叫了声："给我倒杯热水来。"好一会儿没送来，孙有德起身，骂骂咧咧地往厨房去，就看到了倒在地上的孙正宏妈妈和一地的碎碗。孙有德赶紧找四邻帮忙，打救护电话，外面天已黑透，只依稀看到星星点点的光。等了一个多小时，救护车从几十里外的县城匆匆赶来。崎岖山路，一路颠簸，救护车开得不像是车，倒像是一艘开往远方的船。不时的晃动，把车把拽得紧紧的孙有德几次都差点撞上车顶。孙正宏妈妈安静地躺着，眼睛一直悄无声息地闭着。这条路，实在是太难走了！好不容易送到县医院，再推进手术室。半小时后，是医生的遗憾表情："对不起，我们尽力了，要能早来一会，兴许还有点机会……"

孙正宏那时在省里读大学，收到噩耗赶回来，已是第二天晚上。晚上有些凉，看到母亲躺在冰冷的门板上，听着父亲孙有德蹲着懊恼述说，孙正宏眼里噙满泪，不由吼道："那你听到声音不去看看发生了什么事？你就知道看电视，什么都扔给我妈做，你当她是保姆啊！你要早发现，我妈不就没事了吗？"孙正宏像一头被逼急了咆哮中的猛兽，赶来吊唁的亲友、邻居们都被惊到了。孙有德没有搭腔，眼中的泪水和用力甩打自己脸庞的手，发出"啪啦啪啦"的响亮声音，有蚯蚓样的血从嘴角缓缓渗出，脸庞肿成一大片……

这些都是二十年前的事了，像一晃而过的时光，但许多事情，又不是因为时光的流逝，说能过去就能过去的事情。

村子更加颓败了。那时至少还有那么多人在，有那么多的人气在，现在呢？村子像只日落西山，苟延残喘的老狗，也许不久后的哪一天，老狗就咔嚓一下，不复存在了。

手机突然响起，孙有德猛地一惊，第一反应是儿子孙正宏打来的。一激动手机就掉落在了地上，屏幕朝上的手机显示的是一个陌生来电。

孙有德略有些失望。

是个女人的声音，叔叔，我叫陈怡，您还记得我吗？

陈怡……

孙有德嘴里念叨着这个名字，还是没想起这是谁。

第二天，这个叫陈怡的女人站在了孙有德的面前，叫了声，叔，你好。读大学时，陈怡和孙正宏谈过恋爱，还来过东山村。大学毕业后，陈怡选择了出国继续深造，叫孙正宏一起去。孙正宏拒绝了。两个人跨国恋了一年多，最后选择了分手。

眼前的陈怡，孙有德真认不出来了。孙有德记得儿子带过一个姑娘回来，老婆客气地给姑娘又是搬凳子，又是塞花生，紧张的反而她像新上门的"小媳妇"，孙正宏还劝母亲，不用忙的。又对姑娘说，我带你去外面转转吧。

陈怡脸上带着笑，又叫了声，叔。

孙有德像醒过来似的，忙说，哦哦，不好意思，我走神了……

陈怡说，我这次来，是市里安排，到咱县里的挂职干部，也是专门为咱东山村的新农村建设来的。

听到县里，又听到市里，孙有德的精神气一下子就上来了，这，这是大好事呀，看来咱们这里真的有希望了。

孙有德还想说什么，破败的门一下被推开了，走进来的是孙十材、古德新、赵启华等几个老人，他们一定在院子外听好久了。估计陈怡进来时，就被他们看见了，跟着来看个稀罕。村里的老人们，除了吃饭睡觉晒太阳，再干点庄稼活，还能有别的什么事呢？

几个老人几乎是在抢着说。

你是市里来咱县里的干部，那你们有什么具体举措吗？

是不是咱村要大建设了？给大家发钱吗？

那我们在外面打工的孩子们，是不是可以叫他们回来了？

陈怡耐心地等老人们讲完，才缓缓地说，要致富，要让你们的孩子们都回来，那只有先修路，我们是这样打算的。当然，也要看接下去的推进顺利与否了。

在大家期盼的眼神下，陈怡又把脸徐徐地转向了孙有德。

叔，我明天下午约了正宏，您一起去吧。

正宏？

天天盼着见儿子，猛不丁说去见他，孙有德突然又有点胆怯，他的脑子里猛地跳出了送他妈妈出殡那天，儿子看向自己的眼神，犀利，带着像要杀死他的仇恨。

叔……

哦哦。

有德你"哦"个啥呀，陈干部都约好了去见正宏，你到底是去不去啊！

几个老人急吼吼的声音，像敲击在孙有德心门上的鼓。鼓声四起，鼓声大作，像马上要展开一场浩浩荡荡的大冲杀。

去，我去啊。

孙有德咬紧牙关，有犹豫，但更多的是坚定。许多事情是不能逃避和无法逃避的，自己和儿子之间的这道鸿沟始终要迈过去，他更不想看到的是，村子随着自己和这帮老伙伴们的离去，最终消亡在这个时代的变迁缩影中。

不期然地，孙有德还看了陈怡一眼。

有关陈怡和儿子之间的这段恋情，后来又是怎样的一种走向，为什么没走到一起？儿子没有说过，也不可能和孙有德说。但这并不表示，孙有德心里不想知道。

下午 2 点，陈怡和孙有德准时走进孙正宏企业在市里的大厦 22 层，年轻漂亮的女秘书将两人引进简约又不失豪华的接待室，又告知：孙董上午临时接到通知，去省里开会了，副总经理李建华负责接待你们。

这幢如梦中的现代感十足的大楼，孙有德有点刘姥姥进大观园，什么都看着稀奇，又不敢多看和触摸，怕自己的手碰脏了，从昨晚开始，哪怕他已经反复搓洗自己的手好多遍。

姗姗来迟的副总经理李建华，是个 30 多岁的年轻人，反复说着"对不起，对不起"，"我刚开完一个会，不好意思，久等了……"客气地和陈怡握手，还要和孙有德握，孙有德伸出手，又赶紧缩了回去。短暂的尴尬，李建华微笑着轻松化解，手转了个方向，化为请坐的手势。

两位有什么事吗？董事长临时让我接待，并没和我说缘由。李建华直奔主题。

请教，李总是咱本市人吗？陈怡也比较直接。

我不是，我是外省人。李建华依然微笑。

你去过东山村吗？你们董事长的家乡。

没去过，董事长从来不提他的家乡。他也并不喜欢别人提他的家乡。

那，你们董事长大概什么时候回来？

估计，他今天肯定不回来了，你也知道，我们公司总部在省城，董事长这里一个月难得来一次。

那……陈怡有点语塞。

没关系，有什么事你可以和我说，看我能不能帮上忙，如果需要，我也可以转述董事长。

这几年，政府在大力扶持推动新农村建设，咱们这边有一大片闭塞的得不到发展的山区农村，你们公司是咱省乃至全国的知名企业，不知道有没有这方面造福社会的公益计划，比如说修建一条路啊等等，毕竟，这样的举措肯定是利国利民造福子孙后代的大好事。

不好意思，这些我倒没听说，如果你这边有相关的实施方案，可以留下来，我会转交董事长。

看李建华彬彬有礼又波澜不惊的口吻和表情，陈怡"腾"地一下从位子上站起，一直处于紧张状态中的孙有德跟着站起。

陈怡冷冷地说，打扰了，李总。

两个人走出去时，李建华礼貌地起身，缓缓地转头，看他们匆匆离去的背影。

回程路上，陈怡脸板着，好久没说话。孙有德也默不作声，时不时又从车内的前视镜中，探看陈怡的表情。

叔。好一会儿，陈怡说。

嗯。

你是不是一直想问我，为什么当时要和正宏分手？

对，对，我看正宏还是蛮喜欢你的。

当时我考上了国外的学校，叫正宏和我一起去，他怎么也不愿意。我说那我也不去了，他也不愿意，一定要让我去，说我能考上不容易，放弃太可惜了，将来能更好地回国就业。再后来我在国外一年多，我们一直保持着联系，但他好像一下子便忙了，比我在国外都忙。好几次我都联系不上他，我打退堂鼓，说要回来和他结婚。他还是不愿意。又过了一段时间，他突然跟我提分手，电话里我朝他吼，我说我不分手，我们好端端地为什么要分手！他挂了电话，打他电话也不接了。

为这事，我专程回国去找他，他很坚决，说一定要分手！无论我在他面前哭闹，都没能挽回我们的爱情。

后来我们就断了联系，我再也联系不上他了。各种朋友同学的渠道，都找不到他，他整个人在我的世界里就像消失了一样。

也是后来才知道的，在我考上国外学校犹豫去不去时，我爸妈就找到了正宏，劝他一定让我去国外。后来他们又找过正宏好几次，其中一次，是劝正宏和我分手，说我们俩是不合适的，家庭条件差异太大，何况我又有了海外读书的履历，如果他真的为我好，就不应该选择放手……正宏就是在这样的情势下，逐渐在我的生活中慢慢远去，直至消失的。

这也是我一直觉得亏欠正宏的地方，我当时就不应该有这种去国外读书的想法。不然，我现在可能还和正宏在一起，过着和和美美的日子。

正宏他一直没结婚啊，他心里应该还是有你的，你结婚了吗？

我，我结了，但我两年多前离婚了。也是在我离婚回家时，我爸妈才和我说了这个事情。

车子停在路边，离回村的路还有好长一段路，前视镜里，孙有德看见陈怡满脸泪花。

市里的办公室里，陈怡摊开桌上的计划表。这次她主动请缨，接下这个下到县里的任务时，给领导交付的计划。领导的眼里带着疑惑，和他同样疑惑的话语，你其实并不一定要去的。领导的话，其实带着两层意思，一是她毕竟是个女同志，单枪匹马去那么边远的地方，安全方面肯定会是个问题。二是她部门的男下属也不少，没理由放着那么多男同志不用，让她这个女领导亲自上阵。陈怡早已洞悉了领导心中所想，坚决地说，领导，请您还是让我去吧，我去，成功的可能性比任何人都大。我有这个信心。

领导最终拗不过她，哭笑不得地说，行行行，但有一点，你个人的自身安全一定要注意，知道吗？

那一份详细的方案，花费了陈怡一个多月的时间。

从市里到东山村所在的新中县，需要58公里，而从新中县到东山村，要穿过三个乡镇、七个村子，需要47公里，这全长105公里的道路，特别是从新中县到东山村这段路，根本就不能算路，更像那句耳熟能详的话：地上本没有路，走得人多了，就成了路。这几年，市里不止一次动过修路的念头，却又一次次地不得不选择放弃。原因很简单，新中县这样一个纯粹的山区没有发展潜力，市里的钱本身就不"富余"，不可能把那么一大笔钱扔水里。需要把这并不大的财政盘子里的钱投到更有发展前景，也更有回报价值的区域或项目中去。

这一拖，就这么些年过去了，连市里主要领导都换过好几茬。

陈怡做的这个方案，一方面是由企业来出资修建这条从市里到县里，再从县里到东山村的柏油路，也同时打通了沿路其他乡镇的通行瓶颈；另一方面政府也不是放任不管，不仅在银行贷款上做担保，提供一定的资金便利性，同时未来企业在市县或是乡镇村拿地，提供一定的优惠政策支持等。

如果这条道路在未来几年内建成了，也不能说不会带动这个区域的经济发展的可能性。虽然交通不便，人口都往市里省里，甚至更远的地方去了。但这里有山也有河，山不高，景色很美，河不深，一眼能望见河底。特别空气也好，是个无与伦比的天然氧吧。这样得天独厚的条件，往小里说，搞个民宿，或是农家乐都不无可能；往大里说，那是多种产业优势齐头并进，未来潜力更加无限了。毕竟，绿水青山就是金山银山啊。

陈怡甚至有个更大胆的想法。

这条道路，如果从省里直接修过来，完全可以按高速公路的标准修建。虽然从省里到东山村全长要三百多公里，但省里，外省，市里，邻市，各方的人来往这里更方便了，带动那么多的人流车流等，何愁经济不能发展起来。当然，预算是要翻好几倍的。

这个步子，迈得就不是一般大了！

接到李建华电话时，陈怡正在和东山村村委书记刘汉堂谈村里目前的情况，刘汉堂说，十几二十几年前，村里一度有上千号人，也算个大村了，这些年因为这里山区实在太闭塞了，加上镇里县里也没好企业，外面都在大踏步发展，我们这里又停滞不前。同时这条通往县里的路，特别下雨天，又泥泞又坑坑洼洼，即便是不下雨，这条路被太阳一晒，泥土硬邦邦的堪比石头，这高高低低的地势，一个不慎就能把脚给崴了。这些年不断有人家举家迁出去搬出去，咱村的户籍人口越来越少了，加上很大部分都在外面，留在村里的就只有上百号人，而且大都是老人，我甚至还担心，过个五年十年，咱村里可能只有二三十人，或者更少，再过几年，村子也许就没了，房子也都塌掉了……

陈怡说，刘书记，你是咱东山村的人吗？

刘汉堂，这位年约50岁的村委书记说，我是咱村的，要不是做这个书记，我也早出去打工赚钱了。其实说我是书记，我更像养老院院长，再过十年，我也是个老人了。再说周边的村子，周边的乡镇，和咱村都差不多的情况，我们都深受闭塞没有任何产业之苦，也都期盼着这条路能修好，有更多企业愿意来我们这里投资创造就业机会，这样在外的儿女孙子孙女辈们才有可能回到这里……

刘汉堂越说越动容，像刹不住的一台车。

电话就是在这个时候不失时机地响起。

李总，你好。

陈主任，方便讲话吗？李建华的声音听起来比上次客气多了。

没问题，你说吧。

你这几天方便吗？我们公司将由我带队，一路来做个考察，目的地是东山村。

东山村？陈怡以为听错了，重复了一遍。

对，东山村。

有什么要求吗？或者需要我们这边怎么配合？

主要从市里到东山村这一路我们也不是很熟悉，要请你做个指引，如果有可能，沿路的县乡镇村，我们都想停下来看看。

好啊，欢迎欢迎。陈怡声音陡然变大，想起什么似地，又说，这个，是你们董事长意思吗？他不亲自来吗，去生他养他的家乡看看吗？

对不起，董事长还没回来，这几天他去北京了。

三天后，这批七八人组成的企业考察团，由李建华带队，从市里的分公司出发了。原本安排了一台考斯特，后来陈怡建议，开越野车更合适。陈怡坐的同样是台越野车，由部门里年轻小伙侯南峰做司机，在前面开道。

车子很快出了市区，又出了城区，去往新中县境内的马路，像一道鲜明的分水岭，车厢里猛地抖动起来，司机不得不将车速放缓下来。即便如此，车上仍不受控制般地上下抖动，陈怡坐在后排，前几次自己开车，倒并没觉得抖动有这般厉害。好不容易熬过这段县里马路，再踏上去东山村的路，那简直不像路了，像在用车攀爬这条西游路，那种感受，让吃过早饭还没来得及消化的她忍不住一阵翻江倒海。在想要叫车停下时，突然听到后车摁喇叭的声音，陈怡赶紧叫侯南峰停车，这不是还没到东山村吗？难道他们车上也有像她想要呕吐的人吗？

个子高高的李建华从后车走过来。陈怡捂着嘴，急速推开车门，终于是难以控制地就着路边的草丛，一阵剧烈狂呕，也顾不上自己的个人形象了。

李建华很绅士地递上纸巾，陈怡擦了下嘴，说，不好意思，实在没忍住。李建华理解地点点头，说，我们去附近的河东镇转转吧。之所以叫河东镇，其实是河东镇河西镇之间，有一条长长的永新河，倚靠着河的两侧建镇。这两个镇，加上东山村所在的中兴镇，三个镇都有两个特点，一为穷，二就是人少，但凡青年壮劳力，多半出去打工了。河东镇离县城近，状况稍微好些，但也有限。

车停在路边的杂草丛中，几个人都下了车。李建华原本和陈怡并排走，走着走着就走到了前面，这里隐约可见的山，几条纵横交错的大河小河，一块块清晰可见的梯田，更多的是漫山遍野的高大树木。空气真好。李建华在河边站立了好一会，似用力呼吸了一下，说。陈怡看了李建华一眼，说，除了空气，其实好东西多的是。是吗？李建华浅浅一笑。

不远处，走过一个背着箩筐的男人，看上去有 60 多岁了，脸黑黑的，身子瘦瘦的，迈起步子倒是毫不含糊，箩筐里看起来挺沉的东西，却丝毫没有压垮男人的肩膀，很快他就掩在了一片绿影之中。从他们所站立的高处看，跟随着男人走过的方向再往前一些，有好几排醒目的屋子。

李建华的眼睛追随着男人，好一会儿没收回来。

陈怡说，去村里看看吗？

行，我们去吧。

不等陈怡回应，李建华已径直向前走。

几个人从高处缓步走下，踩着泥土和杂草，迈过从高至低的田埂，走得很慢，也很小心，唯恐一个不慎踩空摔一跤。好在这几天没下雨，泥土被阳光晒得硬邦邦地踩得也踏实，一脚一脚地往前。还没走多少步，走在最前面的李建华额头上身上已经冒起了汗，说，等等，歇一会。

还要去吗？陈怡说。

当然。李建华潇洒一笑。

好大一会，他们走进了从高处看到的村子。这个规模不小的村子，有好多层层叠叠在一起的老式砖瓦房子，但多半的房屋都显破败之气。青石板路上，也少有几个人在行走，一些打开的院门或是屋门内，眼睛看过来的都是些上了年纪的老人。老人们都以探询的目光在看这群穿着比较考究，又不是这村里的人。

一个院门口，他们看到了那个背箩筐的男人，李建华突然停住了。男人说，有什么事吗？李建华朝院子里看了眼，说，这些挂着的腌肉，可以卖给我吗？腌肉？男人随着他的眼睛看向了屋外墙上挂着的几爿腌猪肉。你想买？对，可以卖给我吗？可以，当然可以。你看多少钱？男人犹豫了下，说了个价格。李建华买下了他所有的腌肉，和他后来又从屋子里拿出来的腌蹄膀。男人喜滋滋地数着钱，又想起什么似地说，你们还要吗？咱村里其他人家里也有。哦，好啊。李建华笑着说。

他们每个人的手上都拿了一大摞的腌肉腌蹄膀等，男人还客气地把他们送上车，说，要是你们经常能来，我以后就多腌一点，这个可好吃了。

李建华笑着回应，我们还会来的。

李建华要和男人握手，男人赶紧把手在衣服上擦了又擦，脏兮兮的衣服，其实擦不擦手，手一样是脏的。

李建华还是毫不介意地握住了男人的手。

车子一路停停走走，从早上7点多出发，到目的地东山村时，已经过下午1点了。本来，在一个多小时前途经中兴镇时，陈怡说，我们去镇上吃点东西吧。李建华却拒绝了，说，不着急，到了东山村再说吧。

坑坑洼洼地这一路，摇摇晃晃又颠来颠去的早把吃的那点东西给消耗得干干净净，更何况陈怡还把早饭都吐掉了。陈怡是越来越饿，饿得都前胸贴后背，饿得她人都快要疯了！看车子上下来的其他人，似乎也都是这样苦兮兮一脸饿惨了的表情。

东山村的刘汉堂书记，和孙有德、孙十材、古德新、赵启华等一帮子老人早等候在村口，车子排列着在旁侧停下。李建华第一个下车，朝刘汉堂几个人说，有吃的吗？我可饿坏了。陈怡紧随着下车，对李建华的唐突话语想解释什么，又很快作罢了。确实饿，饿过头了，已经顾不上那么多斯文的话语了。很快反应过来的刘汉堂说，有，当然有。赶紧招呼孙有德他们几个帮忙烧火做饭做菜。

李建华说，等等。挥了挥手，招呼几个下属将买的腌肉腌蹄膀等从车上拿下来。

把这些煮一部分，我们开个胃。

说话时，喜笑颜开的李建华，像个孩子。

一个小时后，李建华、陈怡他们已吃掉了一堆的花生和馒头，通过刘汉堂的介绍，就东山村的相关情况，李建华也有了一个清晰明了的认识，但仍有些不敢相信地又问，这真是咱董事长长大的地方吗？刘汉堂说，当然了，他还是你们董事长的爹呢！指了指坐在一侧默不作声的孙有德。

当香喷喷冒着热气的几大盘腌肉腌蹄膀端上桌时，李建华不自觉地从位子上站起，连连赞叹说，好香啊，光闻这个香味我就知道肯定好吃！

在李建华迫不及待地伸手去抓时，陈怡忍不住瞪他一眼，说，李总能不能不要这么急。急？我这不是急，是这食物实在太诱人了……

说着，在座的几个人都笑了起来。

临离开，李建华还让人留下了一沓钱，放在村委书记刘汉堂的手上，叫他给老人们买些吃的喝的。

时间一晃过去了一个多月，其间，陈怡给李建华打了好多次电话。这个三十多岁的男子的确是个调皮孩子，说话没有准信，口口声声叫陈怡姐，说，姐，我觉得考察挺成功的……这条路确实够呛，颠得我屁股快成四瓣了……费用的投入非常巨大，难度不小啊……你也知道我说了不算……我觉得你应该直接给董事长打电话，我好久没看见他了，他这一阵在北京没回来……

陈怡不是没给孙正宏打电话。孙正宏都是低沉着的嗓音，在忙，有什么事吗？陈怡说，上次李建华带队考察的事，你们评估过有下一步动作吗？孙正宏说，知道了。电话就挂了。他知道什么了？这回答得也太潦草太敷衍了吧？陈怡心里想着，郁闷地摇头。

领导问过陈怡一次。陈怡说，还在沟通中。看得出来，领导不是刻意问的，就是想到了问一句。领导可能原本就没指望这个事情一定能成。但陈怡不一样，她觉得这个事情一定要成。这么些年，除了陈怡那支离破碎最后解体的婚姻外，其他方面，陈怡都是顺风顺水的。从骨子里来说，陈怡也特别想做成这件事情，特别是在去过了东山村，和附近的其他破落的村子，看着这些落寞孤独，又一天天老去的老人们，子女又不能在身边尽孝陪伴，陈怡的心就不自觉地揪在一起。哪怕不完全是为经济，为了老人和子女们的团聚，陈怡也要尽力促成这件事。

回顾和孙正宏当年的恋情，陈怡发觉似乎是自己主动追的他，他完全是被动接受。孙正宏虽然成绩很好，但因为他个人家庭条件的问题，骨子里又是自卑的，特别是在自己面前，眼神总有一种忽上忽下的漂浮感。

陈怡还记得他们分手的那一段。

孙正宏说，我们分手吧。

陈怡说，我不分手，我马上就回国了。

孙正宏说，我不爱你了。

陈怡说，你是交了新女朋友吗？你介绍我认识我就同意分手。

现在，一晃那么多年过去了。

后来，陈怡就没再见过孙正宏了。

接到领导的联络员打来的电话时，陈怡还在半醒半梦之间。午睡的短短一个梦，陈怡梦见了一条河，一条长长的河，河面上有帆，有朝她微笑走来的孙正宏。孙正宏说，还记得我们的梦想吗？……

联络员说，陈主任，领导请你赶紧来。

陈怡说，好。

打开的会议室门，端坐两排的人，穿得都很正式，领导坐在一面，和他们在微笑着讲话。陈怡居然还看到了孙正宏。和那么多年前年轻的孙正宏比，现在的他胖了，精干了，是的，就是他孙正宏。孙正宏朝她看了一眼，看不出有别的什么表情变化。

领导说，陈怡来啦，那我们开始吧，孙正宏孙董事长你应该认识，其他几位你可能不熟悉，都是孙董从北京带来的知名企业家，孙董方便再给介绍下。

孙正宏起身，客气地一一做了介绍，陈怡不由得瞠目结舌，源于这几年主抓经济招商这块的经历，这些响当当的企业，这些响当当的企业高管，平时哪怕见其中的任何一位，都是非常不容易的，他们只要有一位愿意在本市投资，都足以带来一大笔的财政收入……

介绍完毕，孙正宏直奔主题，这次，在拿到咱市里有关投资修建市里到新中县，新中县到东山村的道路实施方案后，我也是反复思量，不瞒大家，东山村是生我养我伴随着我长大的家乡，我有义务也有责任帮助市里建成这条道路。但是，在我细思量后，发现如果纯粹就单单修建这样一条道路，并不足以改变咱市里到新中县，直至到东山村沿线的所有县乡镇和村的现状，路也许是通了，出外打工的人回家方便了，但另一条路通了吗？让这些外出打工的人留下来的路真正通了吗？这就需要什么，需要的是简简单单的农家乐、民宿吗？这些根本不足以留下太多人，也吸引不来更多人，创造不了更大的经济效益。如果说我们可以考虑的更加具体更加全方位一些，不仅仅是建些游乐设施，打造些旅游景点，更应该让相关大型企业落户，总部迁址，让更多的年轻人走回来，让企业的税收留下来，让咱们日渐衰败的村子，让咱们市的钱袋子都可以焕发出不一样的新生命力和新气象。

说至此，孙正宏身后的年轻助理分别将几本厚厚的新方案给了领导、陈怡等几个人。

孙正宏又继续说，通过前期李建华副总经理带队，实地走访了一路上的相关乡镇。后面，又安排了几次走访。通过这些卓有成效的调研，我们出具了一份更为详细的实施方案，包括希望马路可以从省里直接到市里，再到县里，东山村，原本的两车道，我们希望提高到三车道，还有相关的旅游景点、游乐设施、度假村及相关企业投资的设想，都在方案中有比较明晰的计划。当然，虽说这个项目的实施，咱们政府会做相应的银行担保等，但仅凭我一家公司的投入，也是远远支撑不了的。所以这段时间以来，我一直在北京，与今天参会的几位企业家做了细致的沟通和磋商，他们也对这个项目有很大兴趣，也将加入咱们这次的方案实施中……

陈怡边听，边在翻那本详实的新方案，越看越激动，越看越震撼，也越发为孙正宏的计划所折服，仿佛一张宏伟的蓝图已徐徐铺陈在眼前，未来这里欣欣向荣热热闹闹的繁荣景象似乎也不远了。

东山村的夜是静悄悄的夜，又是充满希望，满怀前景的夜。未来的某一天，也许这里将不是眼前少有人烟的安静，而是满满烟火气的熙熙攘攘。

村口的一角，也很黑，有一盏灯在坚守着发光，照亮坐着的一对男女。

男的是孙正宏，女的自然是陈怡。

陈怡说，记得我陪你回来那次，也是这样的夜晚，我们俩坐在这里，你说你会留在城市，要给我一个美好的未来。

孙正宏默默地听，又轻轻地叹了口气。

你现在不是已经有一个美好未来了吗？留过洋，又是国家干部，这是让多少人羡煞也做不到的事情。

当时，你为什么要和我分手？为什么不能和我一起坚持，等我回来呢？

陈怡直定定地看着孙正宏的眼睛。

好久，孙正宏说，我希望你能更幸福，我给不了你更好的幸福。

没有你，你觉得我能幸福吗？特别我回来，你人间蒸发一样消失得无影无踪，你想干什么，难道在我生命中存在让你很羞愧吗？那你现在为什么又要出现呢？

孙正宏摇摇头苦笑。

好一会的沉默。陈怡说，你还怪叔叔吗？叔叔一直和我说他的懊恼和难过，他甚至更希望死的那个人是他……

都这么多年了，我早就不想这事了。更何况，这事也不能全怪他，谁让发生得这么突然呢？谁让我们这里的路不行呢。我也想明白了，即便你们政府不发起做这个事，我也要做，哪怕把我的公司全部投入进去。但做又不仅仅就是修一条路那么简单，要修一条更有未来，也更可行的路。而且，从省里到市里，从市里到县里村里，只有这条路也是不够的，将来，我还要给其他县镇村修更多的路，让这里都富裕起来。

孙正宏不自觉地声音高亢了起来。

你还记得吗？读书时，我最想做什么，对，就是在海边，我要登上一艘游艇。我坐在驾驶座上，启动方向盘，踩足油门，在海面上肆意航行，尽情飞翔般地航行。知道这是为什么吗？这是一个作为山区，作为内陆孩子的一种奢想，即便我知道这样的梦想是那么遥不可及，我依然要为此而付出百倍千倍的努力，终有一天要实现它。就像我们马上要投入建设的这条道路，其实要建成它是那么的不容易，但我们一定要解决这个困难……孙正宏又说。

陈怡端详着孙正宏，和以前那个她认识的孙正宏完全像换了一个人。

孙正宏还说，要把那些北京的大企业高管找来并且请他们投资，比你想象中的更难，我在北京花了一个多月时间去游说他们。他们从一开始的毫无兴趣，到我拿方案给他们看，和他们说讲前景讲收益，我再和你们领导沟通，看政策上能不能有所通融……

孙正宏一直在说。

陈怡突然插了一句，李建华说你一直没结婚，甚至都没谈过女朋友，能告诉我这是为什么吗？

别听他瞎讲，这小家伙。

是一直在等我吗？

我……

一时间，孙正宏突然语塞了。多少年，孙正宏没这么紧张过了，还好黑暗很好地掩饰了他脸上的慌乱，村子里虫子叽叽喳喳的声音此起彼伏，像奏响一曲曲动人的乐章。

陈怡说，等道路建成竣工那天，带我去坐游艇吧，游艇上就你和我，你来把方向盘，我来坐，我们一直启航到很远很远的地方。

陈怡紧紧拉住孙正宏的手，孙正宏要挣没挣开，顺势把手拉得更紧了。

这原本一片寂寥的深山村子里，近处可听的虫鸣声，似更密集了！

发表于《青海湖》2024 年 4 期

光
阴
的
故
事

◀ 上 任
....

李天柱上任第一天，椅子还没坐热，就给办公室主任郭琦打了电话，安排一下，待会我去现场，找个在建的工地吧。郭琦忙不迭地说，好的，李书记。挂掉电话，郭琦忍不住抹了把汗，本来还考虑上午来得及开一场见面会，万事俱备，只等李天柱发话，看来不需要了。

五分钟后，李天柱下楼，一台商务车停在门口，郭琦和办公室的小伙子小赵，建设处处长孙文宏等已在等候。

李天柱说，上车吧。

车门打开，李天柱坐第二排，郭琦坐李天柱旁边，孙文宏坐副驾驶座，其他人坐第三排。

车子从大院里驶出，车速并不快，外面还是条简易的石子路，拐个弯又是条泥土路。这个还处在建设初期的新城，因为好几天没下雨，车子开过去，就扬起了一阵漫天飞舞的泥灰。紧闭的车窗，不至于让泥灰吹进来，只听到空调打足的声音，尽管很轻，李天柱还是听得很清晰。

李天柱说，文宏是吧？给我介绍下那些开工项目的建设进度吧。

孙文宏挺直了腰板。四十多岁的他从新城成立之初就来了，一干就是三四年，岁月在他脸上留下了深深刻痕，也让他的手布满老茧。一看，这就是个实干的人。孙文宏说，李书记，我们目前所处的是新城的重点区域，总占地面积约为 4.52 平方公里，通过过去几年的土地收储、土地招拍挂等，先后有内地以及中国香港地区、中国台湾地区的 28 家企业成为开发商，目前 90% 以上的项目已开工，三个项目预计在三个月内全面建成，所有 353 栋楼宇的结构封顶率超过 50%……

李天柱听得很认真，说，我们待会儿去哪家企业？

孙文宏说，我们去的是一家福建企业：中街集团，这个地块在我们重点区域内的地块面积中排名第二，用的是装配式建筑的造楼形式，有一定的典型性，而且这个地块处于项目建设的攻坚阶段，所以集团的总部管理层最近也在这里督战，您可以见一面。

十分钟后车子停在了路边，旁侧是一大片半人高的杂草，已经有七八个戴着安全帽的人早早地等着。车门刚打开，一名白净脸的男人走上前，握住了李天柱的手，说，李书记您好，我是杨昆，中街集团总经理。李天柱说，感谢杨总你们对我们新城建设的帮助和信任。

项目是上午看完的。

李天柱刚回办公室，郭琦又敲门进来了，叫了声，李书记。

李天柱抬起头，说，有什么事吗？郭琦说，您第一天来，要不要和大家见个面？想来想去，郭琦还是觉得要安排一场见面会，即便李天柱没说，即便明天就撤了他的位子，他只要今天在，这个动作他都一定要做。桌上摆着新城领导层和各处室从处长到成员的每个人的工作履历，李天柱早已了然于胸。

李天柱反问了一句，一定要见吗？

郭琦说，看您的意思，您说要见就见。

作为前任一把手书记任命的办公室主任，对于新书记李天柱的到来，郭琦这几天一直处于忐忑不安之中，新书记肯定是要用自己人，这本无可厚非，那若自己不做这办公室主任，又做什么呢？更何况前任书记是因为犯了错误被免的，自己会不会被波及、被免职，甚至组织调查，也都是这新任一把手一句话的事情。

说话间，郭琦不自觉地擦了把额头上沁出的细汗。

李天柱说，那就见吧，你准备个会议室，下午2点。

我来安排。郭琦如蒙大赦，脸上舒展开，缓缓地退出房间。

站在办公室外配套的独立屋顶花园，因为楼层高，几乎听不到别的杂音。李天柱不由又想起了组织与自己的对话。

李天柱同志，我希望你能想好，确实愿意去新城吗？不得不说，你去了后不仅要抓经济发展，还要抓好反腐倡廉，如果一着不慎，可能也会像刘震业一样犯下无法弥补的错误，影响你的一辈子……

我想好了，我能去。

还有市领导关心的电话。

天柱，我相信你有这个能力，你过去的工作我们都有目共睹，我也相信你会保持住自己的这身"洁白"，唯一担心的还是你的身体。

领导，您放心，只要战壕在，我人一定好好地！

见面会上，面对新城一百多位干部，李天柱说，我今天就讲两个词，一是干劲，二是廉政。一个没有干劲的党员干部是不足以担负起自己的这个岗位，不足以为国家、为党、为人民群众做实事的，现在要的不是"躺平"干部，要的是不顾一切"向前冲"的干部；再说廉政，我们新城的广大党员干部要能管得住自己的手，自己的眼，还有自己的心，"一失足成千古恨"的教训比比皆是，诱惑很多，陷阱也很多，像我们饿的时候，突然看到一块蛋糕，但这是蛋糕吗？不，那是"糖衣炮弹"，你但凡吃了就万劫不复了。过去的工作实践中，我一直这么告诉自己，也一直这么警示自己，希望在座的也要时刻提高警惕，官字头上有一把刀啊！

台下坐着的人，都面色凝重，很多人在认真做着记录。

上任一个月不到，办公楼下突然跑来了四五十个工人，拉起了一条长长的红色横幅，上书九个大字："中街集团，还我血汗钱！"还没人来得及和李天柱说，他就已经听到声音，站在屋顶花园的天台上，远远看到了。

门口的七八个保安在拦他们，不让他们进来。但这样明目张胆、堂而皇之地在政府大楼外拉横幅，负面影响是相当不堪的。

郭琦已经进来了，走到了天台上。这么大的声响，李天柱肯定是会知晓的。作为办公室主任，郭琦需要第一时间上来，等候下一步指示。李天柱看到郭琦，刚想说，孙文宏在哪里？就看见略有几分消瘦的孙文宏走出大楼，身后跟着处里的两个同志。近在眼前后，不知道孙文宏和他们说了什么，那些人从群情激愤恨不得冲进来，到表情慢慢地变得平和，到后面，戏剧性的一幕发生了，工人们居然收起了横幅，转身缓缓地离开了。

这个孙文宏！

十分钟后，紧急召开办公会议。李天柱、分管建设等处的副主任汪海洋、分管招商等处的副主任赵斌，还有郭琦、孙文宏几个人都到了，小赵负责做会议记录。匆忙赶到的是中街集团副总裁、上海项目公司董事长刘开涛。因为走得急，刘开涛脸上还冒着汗，身后跟了个身材颀长的年轻姑娘，因为也流着汗，妆容稍有走样，却似乎更漂亮了。

李天柱看了眼在座几位，说，谁来说说今天的这个情况？又该怎么解决？

两个副主任都没说话，孙文宏看向刘开涛，刘开涛说，李书记，我来说吧。来讨债的这批工人，隶属于一个姓安的安徽包工头，去年开工抢工期时，公司在社会上多用了一些分包，这个安徽包工头是其中之一，他和我们公司结算完所有费用后，带着钱就跑了。这批工人拿不到钱，来工地要过好几次，我们甚至还报过警。他们可能在工地上要不到钱，就来咱新城政府这边来要钱了吧！

一共涉及多少费用？李天柱说。

一百多万吧。

那你们公司想过怎么解决吗？

我们……

刘开涛的眼神，探寻似的从李天柱脸上到了两个副主任和孙文宏的脸上，有几秒的沉寂。汪海洋拉过话筒，摁亮了红灯，说，刘总，你们报警后，警察怎么说？

警方还没给我们明确的回复，我听说……

听说什么？

小道消息说，这个老板拿了钱，去澳门赌输后直接跳江了……

你们这么大个企业，还听小道消息，一切要以警方的说法为准知道吗？

汪海洋的声音陡然升高，面色也一寒，刘开涛就不敢说下去了。场面有点陷入僵局。

紧随发声的赵斌说，那就再联系警方，请他们尽快找到这个包工头，一百多万，不是笔小数目！

再度冷场。

李天柱有些不快，话题又绕回起点。这不算是个太大的问题，在过去的工作岗位上，更大更复杂的资金问题困扰过他，都迎刃而解了。真正影响他心情的，是领导层明哲保身，自扫门前雪的心态，一个单打独斗的新城，接下去又能干些什么，又能走多远呢？

我有个想法。是孙文宏的声音。

事情晚解决肯定不如早解决，我们不能把所有希望都寄托在警方身上，如果三个月，半年，一年两年，甚至更长时间不能找到这个包工头，我们就一直这么无休止地等下去吗？首先，这个事情本身是发生在中街集团，中街肯定是逃不了这个干系，即便刘总你该付的钱都付掉了，但这几十个农民工拿到钱了吗？其次这个事情的外在影响力还没有真正发酵，没被太多人关注，一旦被曝光，讲的肯定是中街集团欠薪，对你企业本身也没好处，对吧？所以，解铃还须系铃人，刘总你汇报给集团公司，先把这笔民工的钱款给付了，如果你协调有问题可以和我说，和海洋主任说，甚至和咱们李书记说，总之，这件事情要尽快妥善解决，懂了吗？

孙文宏铿锵有力、荡气回肠的一番话，哪怕是已经回到办公室，李天柱脑子里还在回放。

电脑屏幕前，是一份孙文宏的详细介绍：孙文宏，42岁，教授级工程师，曾任高校校办副主任、区建设局局长、镇委书记、区发改委主任等职，曾获得全国建设系统先进个人、市重大项目建设功臣等荣誉……

新城第一个建成项目桂生国际商业中心本周五落成开业，郭琦兴冲冲地来送邀请函，说，李书记，桂生那边想请您出席，为他们剪彩。

李天柱看了郭琦一眼，说，让海洋副主任去吧。

这……

我刚来没几个月，项目这块海洋抓了那么久，和这些开发企业的人也熟，他去没任何问题。

好的，李书记。

郭琦明白了，转身要离开，李天柱又叫住他，说，项目建成就预示着下一步工作我们要从前期的开发建设往后面的功能打造来发展了，你帮我找些国内外知名新城建成的成功案例，另外，明天下午开个招商工作会，请赵斌副主任，涉及招商条线的处室负责人参加，你也参加。又说，以后我这边，你多帮我照应点。

我……好嘞。李天柱最后一句话，让郭琦心里的大石头终于落了地，整个人也变得激动起来，说，李书记，您放心，我一定好好干！

李天柱站在屋顶花园外的天台上。落日余晖，绽放着绚丽的光，甚至比日头当空时更让人激动。

招商工作会上，招商处处长生晓峰第一个发言。

生晓峰说，李书记，我个人的想法是咱们下一步的招商工作可以从三方面入手。一方面是要招几家世界 500 强企业进来，我们可以适度的引导开发商，这些知名企业的到来，可以迅速拉升他们地块的人气和影响力，带动他们其他楼宇的销售和租赁，起一个龙头、引领的作用，当然，开发商要给他们提供租金优惠，甚至是零租金，同时我们新城政府是否可以通过专项资金给予开发商一定的补贴。其次，我们要吸引一批有一定规模、准备升级腾飞的企业入驻，并且希望他们可以将企业总部放在这里，这样就可以把税收也留在这里，这些企业如何到来？我们可以通过北京服贸会、广交会等国内重大招商推荐活动和发动一些知名的招商机构来完成。我们新城政府给开发商做好招商定位指导，更要走出去帮助他们招商，把我们新城需要的"朋友"请进来。最后，我想说的是偏重前面两端的同时，也要引进一批成长型企业入驻，成长型可以是小企业，比如我们这边至少有半数开发商要做的联合办公空间，可以满足大到整层楼面，小到一个几平方米工位的企业入驻，门槛低，进入快，谁能说这样的小企业在未来不会成为我们新城具有朝气的大企业呢？专项资金也可以考虑对这块做些补贴，以拉动更多开发商拿出相当规模的商务楼宇来做这个事情。

赵斌做补充。早在半年多前，晓峰已经将这方面的构想跟我做了沟通，我非常赞同。如果说成长型企业是未来的支柱，那500强企业就是现在的名片，再换句话说，500强企业能不能来，就确定了眼下我们新城的能级和规格到底能有多高。当然，这方面的前期调研摸底，我和晓峰也约谈了几家开发商，他们一方面是有顾虑，毕竟从拿地到开发建设已经投入了那么多的资金，另一方面他们也是赞同的，到处都在建商务楼宇，竞争的残酷是显而易见的。他们既愿意投入，又希望能够适度地投入，所以，症结就回到了晓峰提到的新城的专项资金。虽说有一百亿资金这么大一个蛋糕在这里，但又不能直接拿来用，因为之前的文件并没写可以扶持给开发商做500强企业引进的补贴，这需要向市领导汇报申请，再由财政局等单位帮忙做调整。

大家的目光，都转到了李天柱身上。

原来你们是把最后一个皮球踢给我啊，李天柱呵呵一笑说，没问题，市领导那边我去沟通，请领导出面帮忙解决。这事就交给我了。

又说，还有一点我要说明，接下来无论给开发商补贴多少钱，不能有一分钱进我们政府任何一个人的腰包，丑话我说在前头。请大家既要管好自己，同时也管好手底下的人，好吧？

会议结束了，李天柱还有几分兴奋，他以前一直有句话，队伍带得好不好，不是你指挥官有多强，而是下面用的人有多强。那些招商的想法，可能只是个远没完全展开的雏形，但已经看到了他们的努力。下一步要攻坚克难，要坚持不懈，要决战到底——这些从前用过的口号，随着李天柱骨子里那些深埋已久的精神气，一下子冒了出来。

桌上手机的振动声，打断了李天柱的思绪。

你好，我是李天柱。

李书记，我是赵光远。

哦，赵医生呀，你好你好，有什么事吗？

我的李书记，是你有什么事呀！你上礼拜又忘记来复诊了你知道吗？听说你又到了新的重要岗位，但是李书记我不得不提醒你，你现在的身体状况并不适合进行高强度的工作，不能承担过大的压力，希望你能听我一句劝，要按时休息，千万不要熬夜。还有，准时来复诊，好吧？

好好好，我的赵医生，我明天上午就去，行了吧。

赵医生已经成为李天柱的好朋友。人家是久病成医，李天柱是久病交了个不厌其烦来关心他的好朋友。

挂了电话，刚好郭琦进来。

明天上午我去趟医院，稍晚点过来。

李书记，您没什么事吧？

没事，就是例行检查。

需要派车吗？

不用麻烦了，我自己安排吧。

这一年多来，新城各项工作都在紧锣密鼓地稳步推进，早已从前任书记刘震业的事情中走了出来。桌上一叠厚厚的有关开发建设、招商引企的汇总报告，成绩无疑是喜人的。李天柱心里是高兴的，但不能只为眼前的这些成绩而沾沾自喜，更应该加速超越。

小赵敲门进来，说，李书记，您找我？

李天柱说，马上7月份了，你帮我安排一系列的企业调研活动，再报给郭主任审下，排得满一点不要紧，可以是在建工地或是建成的商务楼宇、商业中心，入驻的世界500强企业、成长型企业，也可以是人才公寓和酒店，对，还有区对接道路的相关单位……

小赵说，我知道了。

李天柱说，给我一定关照好，我们拜访一不吃饭，二不拿任何礼品，清清白白去，清清白白回，明白吗？

小赵说，好的。

夏日炎炎，为期一个月的调研开始了。第一站是世界 500 强企业：新博，一家来自瑞士的高新企业。企业所在楼宇的 1 楼大门口，一位穿着白衬衫的年轻姑娘在此迎候，标准的普通话，说话时露出一口光洁的牙齿：是新城的几位领导吧？请随我来，我们中国区总经理比尔先生在开一个国际视频会议，马上结束了。等了十几分钟，比尔先生姗姗来迟，这个白种肥胖男人进来时，用中文再三致歉，不好意思，让各位领导久等了。李天柱微微一笑说，比尔先生的中文讲得很标准啊。白衬衫的年轻姑娘说，比尔先生在北京、深圳等地工作将近二十年了，是个标准的中国通。比尔先生莞尔一笑说，中国通帽子大了，入乡随俗罢了。李天柱说，好一个入乡随俗，说得好。

　　他们参观了新博公共办公位，又通过会议室的多功能大屏，浏览了未来会建成的企业展厅布局和各板块元素情况，四维立体的展示形式，看得李天柱连连赞叹，以后我们观摩企业文化，足不出户就可以一览无遗了。

　　又一站去的是在建中的人才公寓，拿地建设的是家市内国企。商务车还没到，早有好几个人穿戴整齐地站在那里。

　　李天柱与其中一位男人握了手。他自我介绍，李书记，我是一建项目一部总经理高翔，负责"景秀居"人才公寓的建设，欢迎您带队前来指导，以前我在金东区见过您。李天柱笑笑说，是吧？高翔引着李天柱他们往一侧的临时板房区域而去，打开会议室的大门，一股凉风扑面而来，让人无比舒爽。里面的大黑板上，一行笔力浑厚的大字：欢迎新城李书记一行……摆放整齐的椅子，擦得光洁明亮的长桌子，每个席位摆得满满当当的果盘，都是当季的新鲜水果，还有杯盖水、矿泉水等。李天柱不由摇头，说，高总，你这么搞，下次我们可不敢来了。高翔说，不，不，李书记，你们能不辞辛劳地赶来，就是对我们项目的支持……

李天柱哭笑不得，不得不转移话题，说，你们景秀居目前一期的竣工时间和二期的开工时间都定了吗？如果全部建成，大概有多少套住房供新城白领居住？

高翔说，李书记，如您所见，我们景秀居一期项目大约还有一年能竣工，目前地下空间都已经建成，未来全部投入使用可以容纳 1968 户白领家庭入住，其中 1322 套为一房一厅，646 套为两房一厅。二期目前还未确定具体开工时间，预计在两年以内吧，规划住房为 2528 套，其中 1716 套为一房一厅，812 套为两房一厅，一二期一共可推出 4496 套人才公寓住房，可至少满足新城有住房需求白领的 30% 以上的份额……

李天柱听高翔娓娓道来，倒是对他有点刮目相看，说，工作做得很细致。

高翔不好意思地笑了，说，领导过奖了，我是吃项目饭的，比这更复杂更难记的数字只要从我的眼前过一遍，我都能记住。职业病了。

两个项目看完，已经快 6 点了。他们谢绝了一建的晚饭安排。

李天柱让司机往附近一家小餐馆的方向开，说，今天晚上的这饭，我请大家，别看餐馆小，味道不错的，我几次加班都在那里吃的。

生晓峰说，李书记，还是我请吧，怎么能让您请呢？

李天柱说，怎么不能，难道我李天柱的饭，你们不敢吃？

大家都笑了，说，吃，一定吃。

一人一份现炒的盖浇饭，色泽很不错，还冒着热气，飘散着香味，同行的商务处年轻姑娘小齐连连说，味道不错呀。看大家的气氛不错，又说，各位领导，我今天可是看出来了，同样是接待，两家人对于接待的重视程度完全不一样呀，前一个让我们等了十几分钟，后一个可能已经等了我们半个小时以上，前一个就是简单接待，后一个明显花了心思，可能从昨天就开始准备了，所以说这企业与企业不比，不比就没有伤害呀。

李天柱说，我不赞同小齐同志的意见，反而觉得第一家的招待更自然些，我们不是搞形式主义，调研也不是给企业添负担，添麻烦，影响他们的正常工作秩序。

小齐的脸猛地红了，头也低了下去。

生晓峰笑了，说，小齐，咱李书记是在给你上课，这可是非常难得的机会，好好领悟，未来你会受益无穷的。

不知道是不是被小齐的话的触动，车子往回开，路过中街集团的工地时，李天柱突然说，停一下，我们去中街这边看看吧。

这，李书记，我们事先没和他们沟通过，他们可能一点准备都没有。郭琦说。

都做准备了，这调研又有多大意义，是不是？李天柱说。

车子停在了中街集团项目部的门口，李天柱他们径直往里面走，门口的保安拦住他们说，你们找谁？郭琦说，我们是新城政府的，找你们刘开涛总经理。保安看他们的装束不像有假，就没拦他们。

走过几排临时板房，最里面是项目部管理层的板房，二楼有总经理刘开涛的办公室，紧闭着，但屋里有灯光，旁边辅楼是餐厅，晚上 8 点天色已经黑了，灯光还不足以照亮所有的角落。餐厅的方向有声音传来，两个人缓缓地走过来，一个男人的声音还有几分熟悉，待走近就看清了。男人是副主任汪海洋，摇摇晃晃地由旁边的女人搀扶着，两个人靠得很近很亲密，女人是上次随刘开涛一起来开会的年轻姑娘。汪海洋的脸红红的，一口口往外涌着浓重酒气。

李书记。

走到跟前，避无可避，汪海洋赶紧甩开身边姑娘的手，看来还没完全醉。

我们回吧。

李天柱脸上没什么表情。

汪海洋调走了。去了市里一个比较边缘的委办局，算平调，查下来是接受了合作单位的宴请，并没查出实质性的贪腐行为。

市领导征询李天柱的意见，你看谁可以补汪海洋的缺？

李天柱脱口而出，孙文宏。

市领导说，你确定吗？据我了解，组织部对孙文宏是考察过的，但一直没下文。

李天柱说，除了孙文宏，新城没有更合适的人选了，而且开发建设正处于最后的冲刺收尾阶段，如果另外调一个人来，他还要从头熟悉。

市领导沉吟片刻，说，那我让组织部对孙文宏同志再细致考察一遍。

接到组织部任命的那天，孙文宏站在李天柱面前，端端正正，毕恭毕敬地说，李书记，您放心，我会用实际行动向您证明，您的推荐是对的！

李天柱微笑说，文宏，请你一定不要让新城的老百姓和白领们失望。

9月，李天柱赴京参加北京服贸会的第二天下午，新城那边打来电话，馨雅工地的塔吊倒塌了！本来还在盘算待会儿约好的企业，李天柱的头一阵眩晕，镇定了下，问打电话来的办公室副主任曹力伟，有人员伤亡吗？曹力伟说，目前有5名工人受伤，已送医，其中有2人伤情较为严重。李天柱说，文宏副主任在哪里？这个事情他怎么没给我说？曹力伟说，孙主任在发生塔吊倒塌后的第一时间就赶过去了……

挂了电话，李天柱看到了孙文宏十分钟前发来的短信：李书记，馨雅工地塔吊倒塌，我先去现场，有进一步情况再给您汇报。

新城已经连续下了几天的雨，好几场雨都很大，往机场赶的李天柱早已心急如焚。北京服贸会那边由赵斌负责了，他和郭琦坐最早的一班飞机赶回去。

手机上，又跳出一条孙文宏发来的短信：李书记您放心，这个事情我一定妥善处理好。

孙文宏说的妥善，李天柱是相信的，也相信他一定会全力把这个事情的影响降到最低。但过去几十年的经历与教训告诉他，没有十全十美的重大事故的妥善处理。事情既然已经发生，就必须以最快的速度处理，甚至这个事情不能让媒体来得及报道、发酵。

想到这，李天柱给老朋友、在宣传部担任领导职务的孙大江发了条信息：有关新城塔吊舆情，请帮关照下。

孙大江很快回复：放心。

孙大江曾经是李天柱一个战壕里爬出来的战友，所以不需要把事情说明，对方就已经知道你要表达什么。李天柱并不是让孙大江管控住这方面的报道，只希望报道的记者能以客观事实为准绳，而不是捕风捉影，为谋求点击量、关注度而恶意炒作，这样会让民众对事情产生一定的误解，也会让新城陷入被动。

飞机落地时已经是凌晨1点多，商务车送他们到了事发的馨雅工地。工地已经被拦了起来，门口等候的建设处主持工作的副处长楚正阳叫了声，李书记。旁边是馨雅集团项目经理王科，面色黝黑的王科脸上写满了焦虑和疲累。李天柱说，具体情况是怎样的？王科说，李书记，塔吊是昨天下午5点多倒塌的，因为这几天下雨，工地上5点就要求下班了，只剩十几个工人在做收尾工作，其中有5人被压倒了。李天柱说，现在伤者情况怎么样？楚天阳说，伤者这块，孙主任和馨雅集团副总经理苏伟在医院处理，我得到的消息是 3 个轻伤的工人包扎完就可以回来了，还有 2 个重伤的工人，其中有 1 个需要做手术。李天柱说，工人医药费和其他赔偿这块，你们都安排好了吗？王科说，这个孙主任早就交代过了，集团也在本来应急费用的基础上，又调配了 200 万过来做处置，并且随时可以增加费用。李天柱说，千万记住，以人为本，以生命为第一考虑要素。又说，还有媒体这块你们也要注意处置，没有统一的口径之前，不要让任何人说话，这个要和所有人关照好，对记者也要客气，以礼待人，知道吗？王科脸上稍有些汗，说，我知道了，李书记。李天柱说，还有，有关塔吊这块的安全检测，各种检查的手续，都合理合规吗？楚正阳说，李书记，这些材料按照以前孙文宏主任严格要求的，一张都不会少。李天柱说，好，那你们继续在这里，我去医院看看。

三天后的办公会议上，眼圈发黑的孙文宏发言时倒是中气很足，但仍不免不时打起哈欠，只能向大家摆手。孙文宏说，李书记，按照您的指示，我们会同市相关质检部门，对此次塔吊事件的相关情况做了非常详尽的调查，首先，这次事件纯属意外，是因连续下雨造成泥土松动，而引起的塔吊倒塌。其次，5 名受伤的工人，目前有 3 人为轻伤，当天包扎后就回工地休息了，1 人经治疗后，第二天也回工地休息了，还有 1 人，在当天晚上动过手术后情况良好，预估半个月左右也可以出院了。有关 5 名伤者的医药费、补偿金等，馨雅集团会按最高标准予以支付。第三，有关这次事件的情况通报稿，在经李书记审定后，我们已通过办公室发给新闻办和相关媒体。最后，我们将在本周内，也就是今天会议结束后，由建设处牵头，市相关检验专家、各街镇安监部门参与，开展为期两周的安全大检查，以杜绝此类事故再度发生。说实话，这次塔吊倒塌虽然并没造成重大伤亡，但也暴露了我工作上的麻痹大意，我要向大家检讨，请求组织处分我。

说到最后，孙文宏站了起来，许是没休息好，没几秒人就摇摇晃晃了，两只手赶紧扶住了桌子。

文宏说的是，虽然并没造成重大伤亡，但我们也要绷紧这根弦啊同志们。李天柱说，有关文宏你说的处分我看可以先放一放，你抓紧给我做好安全大检查工作吧，再有问题，我提前免了你的职！

孙文宏说，我向您保证，再有事故，我主动辞职！

坐回办公室，李天柱翻了翻商务处递来的北京服贸会的相关招商情况汇报，有数十家重点企业对新城产生了浓厚的兴趣，预计在一两个月内前来拜访和了解。

又要打战喽！

李天柱推开屋顶花园的门，一下午的雨，不知何时已经停了，天边突然现出了彩虹，像一座绚丽多姿又充满无限美好的桥梁。

五年时间一晃而过，一个充满活力、创造力、想象力的国际化新城的雏形已初具规模，重点区域353栋楼宇全部实现了结构封顶，9家世界500强企业，上百家行业领军企业、总部类企业，数以万计的中小企业在这里集聚，税收连年实现翻倍增长，区对接道路、交通枢纽站、基础设施和体育文化设施建设等都在紧锣密鼓的推进中，重点区域 4.52 平方公里白领人数约 8 万人，未来可达 15 万至 20 万人，周边五公里范围内的酒店可总容纳超过 1 万间客房，人才公寓已交付 4000 多套，未来可达 12000 套以上的住房……

这是一张比较靓丽的成绩单，也是一个比较高的起点。

李天柱站在屋顶花园外的天台上，俯瞰视线所及处新城日新月异的变化，心里先是一阵欣喜，突如其来地却是一股胸闷，闷得感觉越发沉重，都快要喘不过气了。李天柱赶紧掏出手机，颤抖着给郭琦打电话，说，快，快来我这里，快安排一台车……

郭琦冲上屋顶花园天台时，看到倒在一片黄杨旁的李天柱，他脑子懵了一下，赶紧喊人，快，李书记出事了，快来人啊！孙文宏是第一个冲进来的，一眼就看到了一动不动的李天柱，毫不犹豫地跑上去，朝郭琦瞪着眼，快，快扶李书记到我背上……

紧随进来的赵斌、生晓峰、楚正阳几个人都一脸凝重一脸关切地帮忙。孙文宏背着李天柱却依旧跑得飞快，和往日的他相比像换了一个人似的，他往电梯处跑，几个人在后面跟着追，早有人摁住电梯等候了。一直往下，没有人摁电梯，现在这部电梯仿佛已经是李天柱的专属电梯。所有的人都放下了手上的工作来到了廊道里，没有人说话，但每个眼神都在问，李书记，李书记他到底怎么了？

李天柱被送上了后排放平的商务车，车子像一阵狂风般冲向医院。

李天柱是两天后醒来的，他看到了赵斌、孙文宏、郭琦、生晓峰他们，孙文宏的眼睛里还冒着血丝，还有他家的"管家"，却永远管不住他的老婆陈邦月。陈邦月又瘦了。

郭琦一脸歉意地说，李书记，是我的错，对不起，我没照顾好您。

孙文宏说，老郭，不是我说你，李书记带着我们在前面冲，让你在后面做个后勤保障工作你都做不好，你是不是失职了？还有你，晓峰，招商工作，你们不能多替李书记分担些吗？……

孙文宏呼啦啦地说了好多，郭琦、生晓峰只能苦笑着点头。

李天柱笑笑说，文宏，别怪他们，这是我老毛病了，和他们可没关系。又想到了什么，说，你们怎么都过来了，新城那边的工作谁来做，乱弹琴，赶紧都给我回去！

赵斌解释说，放心吧，李书记，在您昏迷期间，同志们家都没回，都在单位认真工作等着您的消息，本来他们都要来，被我们给劝住了。一切按部就班，按照您的指示在工作。看到您醒了，我们也放心了，马上就回去。

临离开时，几个大男人突然都转过了头，眼圈红着，转身快步走出去。

病房里只剩李天柱和老婆陈邦月了。

李天柱说，老婆，这次我肯定是要退了，接下来一定好好陪你。

陈邦月说，好，老李。

随着推开的门，一个洪亮的声音猛地传来，你小子，终于愿意退啦？很难相信，这话会从你口中说出来。

领导好。李天柱急忙直起身，但虚弱的身子又让他直不起来。

两双坚实的手握在了一起。

你要退了，有考虑过新城哪位同志来接你的班吗？

领导，我可以说不想退吗？

什么？

我觉得那几个同志都行，具体还是请领导定了。

滑头！

病房外，不知谁播放着音乐："……我想要怒放的生命／就像飞翔在辽阔天空／就像穿行在无边的旷野／拥有挣脱一切的力量／我想要怒放的生命／就像矗立在彩虹之巅／就像穿行在璀璨的星河／拥有超越平凡的力量……"

发表于《莲池周刊》2022 年 8 月刊

光
阴
的
故
事

◀ 明媚的春天

在这个春节到来前，姜伟都在忙碌。1月的春节，在往年并不多见。这也无形中，让整个人的心态，在元旦过后，就都不期然地进入春节的模式中。姜伟开了一家餐馆。10几年了。餐馆从去年12月、11月，甚至更早，就不断有年夜饭的订单，像雪片般的纷至沓来。电话打到了前台，打到了主管，也有些直接打到了姜伟的手机上。"老姜，帮我订一桌吧，腊月二十九晚上……""姜老板，我高伟啊，还记得我吗？给我订一桌年夜饭，对，起码十人的圆桌，好不好？""姜哥，是我……"姜伟从一开始的喜悦，到后来的连连致歉，说："不好意思不好意思，实在不好意思啦，真的没有桌子了，要不，你给换个时间？"

年轻的前台小姐周雪早早地站在姜伟的跟前，手上端着一本厚厚的预订簿，姜伟边说着话边拿眼看那本本子。周雪白皙纤细的手儿，跟随着翻着本子，美丽的手儿在门口的阳光照射下闪闪发光，姜伟看着本子的眼睛不由自主地就看向了手儿上。姜伟的嘴巴里"啊啊"地说着话儿，脑子里突然有那么几分的心不在焉了起来。

这生意，也就是这年关最好。平时，餐馆的生意是越来越差了。姜伟为了这也是动足了脑筋，从原来的各种菜系、各类派别的中餐，调整到西餐也卖，甚至在夏天，对面的龙虾馆火热开出来时，也跟着卖起了小龙虾。那一桶一桶的小龙虾从外面送到了厨房，清洗干净后，再由师傅简单烹饪，送到了大堂里。着实也让餐馆的生意好了那么一阵，连当时酒的销量也跟着上去了。可姜伟脑子里却是恍惚了一下，卖小龙虾，这似乎与他开餐馆的初衷是不相符的。姜伟曾经想过，靠一个菜，打造出一个品牌，再创造一个餐馆界的传奇。但所谓的这个传奇，这十几年熬过来，姜伟真的只能是笑笑了。年轻时的自己，是不是有点冒傻气？

现在，姜伟还在心里冒出点小小感慨的时候，主管陈胜不知什么时候已经站在了他的身旁，没有说话，也没有任何肢体动作，很平静地站在那里。这和陈胜的性格有那么几分关系。陈胜这个人，往日里是不是很喜欢说话的人，能不说则不说，能说一个字绝对不多说一个字，但在管理上，还是有一套的。陈胜来餐馆七年了，从一个普通员工，直至做到现在的主管。姜伟不止一次地看到，陈胜骂起下面的不懂事不听话的服务员，怒发冲冠般地，眼瞪得圆圆的，脸憋得红红的，同时脖颈间的青筋绽现，看着都吓人。但也是需要陈胜这样的管理，偌大的一个餐馆，四十多个人，被管得服服帖帖的。

姜伟说："陈胜，有什么事儿吗？"

陈胜说："老板，是不是已经没有桌子了？"

姜伟说："好像是，怎么了？"

陈胜说："我担心，怕到时服务员不够，你也知道，已经有一大半的人都会选择在春节前三天回老家。还有，菜品可能也不一定够。"

陈胜还说："我感觉老板你这边，不能再加桌子了。"

姜伟的脸微微有点烫。姜伟心里还有他的小九九，那句"好像是"，其实与完全没有桌子是有差异的。去年，姜伟就建议过许多订桌者，别人吃午饭是11点到1点半，你们可以1点半之后呀。别人吃晚饭是晚上5点半到9点半，你们可以9点半之后呀。去年，也正因为这样，白天基本没休，晚上忙到了凌晨快2点。那几天，工人少，连姜伟陈胜也跟着洗菜切菜烧菜端盘子上菜了。

因而，陈胜这么一说，姜伟就笑了笑。

姜伟在笑的时候，眼睛不期然地又看到了周雪。一头乌黑长发，低着头的周雪，苗条的身子，看起来还是有一种别致的，让人看过一眼还想再看一眼的美。

当疫情来临的时候，没有人会想到来势如此汹涌。就像你明明站在平静的海滩上，突然间一个海浪打过来，以为这也就是个一如往常的，小小的浪头而已，却没想到，这个浪头来得如此汹涌。

姜伟接到了一个两个，好多个的电话。电话里发布出来的，都无疑是不好的信号。"老姜，不好意思，帮我把桌子退了吧，我不能来了。""姜老板……"

姜伟的手麻了，脸也已经木了。

站在姜伟身旁的，有陈胜，也有周雪。姜伟已经没有心思看眼前笔直站立着的周雪了，哪怕是她换了一件粉红色的新衣服，把她衬托得如此美丽。

姜伟的口有些干了。

陈胜说："老板，我也接到了很多电话，基本上，事先定好的年夜饭的桌子，大部分都已经退了，情况不是很好。而且，也没有人再预定，应该也不会再有人来预订了。小周，你这边的情况怎么样？"

周雪看了姜伟一眼，白皙的脸庞上倒是看不出有什么紧张，还是挺平静的。周雪说："老板，我这边和陈哥的情况差不多，预订出去的桌子，也都是这个情况。都要退。当然，预付的那些钱，我还没有还给他们。"

姜伟说："好。"

姜伟站在窗口，从这幢三层高的楼往外看，旁侧的马路上，灯光早已亮起，时不时有车子开过去，开得很快，风一样地速度，一下就不见了。隔着紧闭的窗，姜伟竟然能感受到车开过时带起了的一阵风，有点凉意。姜伟不由得缩了缩他略显肥硕的身子。

这个时候，姜伟的电话响了，去看一眼。

是刘梅。

姜伟的面色顿时一紧。这一紧，陈胜和周雪都感受到了。两个人跟着姜伟都有几年了，姜伟的高兴或是难过，乃至为难或是紧张，他们多少都有所体会。在姜伟手指一动，按下接听键时，两个人都已经退出了这个三楼的办公室。

"姜伟，过年，你还是得陪我回家一趟。"

"一定要去吗？"

"一定。"

"可以，那我明天可以见见小希吗？我已经有一段时间没有见她了，她好吗？她有没有说想过我，她乖不乖，她……"

"过年时，你自然能见到小希。再见。"

电话挂了。

姜伟还拿着手机，手机在耳朵边，贴得很近，像电话还没挂掉，也像他和刘梅的婚姻还没断掉一样。

双方的父母亲，到现在还都不知道。

就在半年前，姜伟和刘梅去办了离婚。

在更长的时间前，姜伟陪朋友去了趟酒吧，认识了一个叫晓琪的姑娘。那真的是一个美丽而惹人爱怜的年轻姑娘。姜伟为晓琪神魂颠倒了一般，那些天，他几乎天天去酒吧，为的就是去见晓琪。姜伟和晓琪，从酒吧，到去看电影，直至住进了酒店。

刘梅很轻易地就闻到了姜伟身上的香水味。

似乎，每个女人面对自己爱的男人，都可以成为一名超级侦探。

一个晚上，刘梅在餐馆门口就在等姜伟，等着姜伟驱车出去，等着姜伟接了晓琪去了酒店，再到刘梅去敲响了那扇门。

往事像放电影般地，闪过了姜伟的大脑。

有点不堪回首。姜伟拍了拍自己的脑袋，这个跟随了自己快四十年的脑袋，硕大的脑袋，以前琢磨个事儿，还挺灵光的，现在就越来越不灵光了。不然，自己怎么就色迷心窍，做那么一个糊涂事儿了呢！

姜伟打开了门，顺着楼梯往下走。

一楼大堂门口，站着陈胜和周雪。两个人还面色凝重的表情。

"把所有收到的订金，也都退了吧。"

"都是老主顾了，收那么些钱，以后朋友都没了。"

以为过完年初六就是春天了，却是更甚于以往的漫长冬日。年初七，姜伟原来准备放了一周假后的第一个营业日，却早早地被要求不准开业。

"这不开业，我这些年前因为年夜饭退订，多出来的菜品可怎么办呀？再这么放下去，就都要坏了呀。"电话里，姜伟在和镇里相关负责的老吴说着话儿。

"这些我管不着，也没法管。但我希望你明白，我的姜老板，你不看新闻吗？你不知道眼下武汉市，乃至湖北省的疫情有多严重吗？你没看到咱们这里也有好几十个新冠疫情患者了吗？而且每天感染的人数都在上升，是你赚钱重要还是你的命重要，而且，你看你现在哪怕开了店，你说还会有人敢上你这里来吃饭吗？"老吴的语气不是很客气，但说得倒是句句有道理。

"我……"姜伟有点不知道说什么了。

姜伟心里有那么点儿的委屈，委屈这玩意儿，已经在脑子里发酵了好几天了。眼下，员工们已经陆续回来几个了，这餐馆又开不了，那么多的菜品，有些贵重些的是放冰柜里冷冻了，没什么问题。但更多的，都没办法完全冷冻，再这么放下去，真的就要坏了！

挂掉电话，陈胜已经上来了，从一楼，听着脚步踩着楼梯的声音，就到了三楼。

陈胜是河南人。河南人的陈胜，已经有几年没回去了。陈胜在这里娶妻，在这里生子，算是在这里真正地安了家。五年前，陈胜还把结婚喜宴放在了餐馆里，摆了足足八大桌，热热闹闹的场景，到现在还在姜伟眼前闪现。那个时候，笑得开怀的姜伟身旁，站着的是同样微笑的刘梅，姜伟喝了好多酒，整个人东倒西歪地都有些站不住。刘梅一直站在姜伟身旁，瘦瘦的刘梅，扶着沉重的姜伟，倒是扶得挺正。

姜伟叫了声："陈胜，你来了？"

陈胜点点头，说："老板，开不了了？"

姜伟递了一支烟给陈胜，陈胜犹豫了一下，还是接了。姜伟的烟瘾足，一天不抽上半包睡不着，陈胜没有烟瘾，原本已经戒了。现在，看着姜伟一脸凝重的样儿，陈胜还是接过了。过去一年，陈胜只吸过一次烟。就是那一天，姜伟从外面回来，进了三楼的办公室，也像今天一脸的凝重。姜伟说："陈胜，我离婚了。"姜伟抽了一支烟，立马又甩了一支烟给陈胜。

姜伟吸了一口烟，吐出一个大大的眼圈。

陈胜也吸了一口烟。

陈胜连着咳嗽了好几下，咳得脸、脖子都有些红了。陈胜一张略黑的脸上因此而显得多了份红润。

姜伟说："看起来，这开张的时间有难度了，这次的疫情，听说比非典那年都要严重，不知道是不是真的？"

陈胜说："看这几天新闻里说的确诊的人数，是有点吓人。好像整个武汉那块，都有点崩溃了。"

姜伟说："马上就到 2 月了，不知道什么时候能开张，是不是过完正月十五，应该就好了。"

陈胜说："但愿，是这样吧。"

有一会的沉默，姜伟抽着烟，一支接着一支，房间里烟雾缭绕，像是云里雾里般的。姜伟又递烟给陈胜。陈胜没接。

陈胜张了张嘴，其实想说别的。但看了眼姜伟的眼神，话已经到了喉咙口，马上又被吞咽了下去。

陈胜说："我，我下去了。"

姜伟没说话，没说话就是同意了。

许多时候，姜伟不大愿意说话了。一个人的时候待得多了，就往往不喜欢说话了。

陈胜走出去了。姜伟想了想，拿起了桌上的手机，拨了一个号码。电话响了好几下，被摁掉了。再打过去，又被摁掉了。再打，关机了。

姜伟的整个心，都像要扑出去了。

这个年，过得有点不是滋味。

大年初一，是早就和刘梅约好的。一大早，姜伟先开车回了一趟家，接上刘梅和小希，带上满满的一车礼物，往刘梅的爸妈家赶去。

车子开进了小区。车停下来，刘梅和小希先上去。姜伟停好车，再上去。说是这么说好的，当姜伟熄了火，从车上下来，看不到刘梅他们时，心里微微有几分的失落。小希看到自己，感觉也有那么点生分了。以前总是甜腻腻地唤他："爸爸。"现在一点声音都没有了。要在以前，在姜伟停车时，她们娘俩一定会等他的。姜伟的心头叹了口气，从后备箱取出了其他的礼物，两只手拎得沉沉地往门洞走。

电梯进。电梯出。

大铁门紧闭着。站在门口，姜伟用手背碰触了一下门铃，门铃响了，足足有半分钟，门没有开。姜伟又碰触了一下门铃。门是在姜伟第三次碰触时，才打开的。开门的是丈母娘，姜伟叫了声："妈。"丈母娘没吭声，面色有点冷。姜伟微微愣怔了一下。

客厅里，小希在沙发上蹦来蹦去的玩耍，三四岁的孩子，还是天真烂漫玩心最重的好时光，从阳台跑到了客厅，又从客厅跑到阳台，像是在丈量着其中的距离，又像是没有目的性的瞎跑，嘴里嘟囔着，像随时有口水要掉落下来。

"小希。"

几乎是异口同声地，姜伟和刘梅都唤了一声。看对方唤过后，又都收住了自己接下去的动作。有几分尴尬，也有几分生分。这种尴尬和生分，并不难让人看出来。

老丈人喜欢喝酒。姜伟却不能喝酒。

摆好的桌子前，老丈人要给姜伟倒酒，姜伟说："爸，我不喝了，我还要开车。"往常的这个时候，刘梅都会劝说："爸，姜伟不喝酒，你不要给他倒了。"然后，老丈人就不会再给姜伟倒了。这次，刘梅没有说话，背着身在给小希整理衣服，是没听见，还是故意不想说。姜伟不知道。姜伟的眼前，很快就被倒了满满一杯黄酒。

老丈人说："姜伟，喝。"

老丈人的杯子，与姜伟的杯子碰撞在一起，发出清脆的"砰"的声音。老丈人顺势地举起了杯子，往嘴边送了。姜伟有点无奈，只能拿起杯子，也喝了一口，那黄酒的酒气着实呛鼻。姜伟生生地被呛到了。姜伟不大喝酒，偶尔要喝，也就喝一点点红酒，红酒养胃。黄酒他是真不喜欢喝。

老丈人的一杯酒喝完了，姜伟的酒还没下去。老丈人的眼神像探照灯般地扫了过来，刘梅在和丈母娘吃着菜，两个人低着头，在轻声说着什么。小希咿咿呀呀地，也在吞咽着菜，小手抓挠着，时不时地伸出去抓一把菜。姜伟只好也跟着喝了一大口，黄酒进了肚子，头已经有些晕了。

老丈人是在喝到第三杯的时候，开始说话的。老丈人说："姜伟，我们夫妻俩，就只有刘梅这一个女儿，你要对她好，知道吗？"姜伟说："好。"老丈人说："刘梅是个好女孩，从小时候，她就循规蹈矩，尊老爱幼，从来不会做出格的事，知道吗？"老丈人又说："……"姜伟说："好。"姜伟的这个"好"字刚从嘴上说出口，老丈人突然一下子就重重地拍了桌子，像炸雷般地，炸到姜伟，炸到了丈母娘和刘梅，也炸到了正吃着菜的小希。小希小嘴一哆嗦，立马就哇哇地哭了起来。刘梅赶紧站起身，把小希抱进了房间里。此时，老丈人的脸已经涨到了通红，眼睛也是血红的，不知道是不是酒喝多了，还是原本就带着情绪。摆在老丈人面前的满杯的黄酒，也有一小半溢了出来。老丈人嘴里还在念念叨叨地，说："我们家刘梅那么好，为什么你还要对不起他，为什么为什么！"老丈人的手一抖，那杯黄酒没有喝下去，全部都洒在了姜伟的脸上，也洒在了这一桌子的菜上。再然后，那个杯子就飞了出去，掉在了地上，一地的玻璃碎片。姜伟没有动，哪怕是酒到了脸上，哪怕是杯子掉在了地上。姜伟自己也不知道自己在想什么，接下来要干什么。

那天，姜伟是怎么离开的，哪怕是在几天后，还是没想出来。

疫情的影响远比想象中要大，这都十天八天过去了，餐馆看起来一时半会开不出来了。姜伟坐在餐馆里，从三楼到二楼，直到一楼，没有人，也不知道什么时候可以开。往日，哪怕是餐馆最清淡的时候，也没有这么冷清过。

晓琪给姜伟打了好几个电话，姜伟都没有接。

姜伟脑子里在想一个问题，这个问题在他的脑子里盘旋已经有一段日子了，那就是，人活着到底是为了什么？这么些年，姜伟一路打拼忙碌，从一家小小的铺面小餐厅，到现在三层高的大餐馆，自己的努力到底是为了什么，自己快乐吗？

想到了"快乐"这个字眼，姜伟不由轻轻地笑了一下。这是欢乐的笑，还是自嘲的笑，也只有仁者见仁，智者见智了。

手机上，来自湖北武汉的疫情消息，像燎原之火般地，烧在了姜伟的心头。突然地，姜伟倒不担心餐馆什么时候开，该什么时候开就什么时候开吧，比起那些不顾自我生命奋战在抗疫一线的医务工作者们，这些又算得了什么呢？！虽然这段时间账上的钱越来越少了，但这又能怎么去改变呢？既然无法，也无力去改变，那就顺其自然吧。

手机上，又跳出了一条微信，来自晓琪。

"还好吗？姜伟。"

这条微信，像是烧灼的烟头烫了姜伟一下，甚至，他都有些想要扔掉手机的感觉。或者，是不是没有看见微信呢？

姜伟想了很久，窗外阴沉沉的天，像随时降临的一场瓢泼大雨。山雨欲来风满楼。是不是也如同眼前的这般情境呢？

手机又跳出了一条微信，还是晓琪。

"在吗？"

姜伟轻轻叹了一口气，躲是不是真的躲不过了？像爱情，姜伟不由又笑了一下，这会是爱情吗？不由得轻轻叹了口气。

"还好吧。"

"这次疫情很严重，你看我们什么时候见个面？"

"还是先不要了吧，不出去现在是最安全的。"

"我想你了。"

放下手机，看着原本发光的屏幕渐渐暗去，姜伟的心头也在慢慢变暗，这个事情，接下去应该怎么样，他心里突然没有底了。

这就像是走在人生的十字路口，何去何从呢？晓琪年轻，貌美，是姜伟喜欢的。如果说姜伟当时和晓琪发生关系，可能是因为酒后的冲动，更多的，其实也是因为晓琪身上确实有姜伟喜欢的。甚至恍惚之间，姜伟还感受到了年轻时候的自己，像自己又找回了那时的活力。

楼下传来了车子停下的声音。

姜伟站在窗口往下望，看到一辆车停了下来，走出了陈胜，还有周雪。他们两个人都戴着口罩。戴着口罩的他们俩，有点不像平时的他们俩。这也像外面现在的世界，有点不像平时的世界了。

周雪上来了，陈胜没有上来。

这么一张美丽脸庞的周雪，此刻就站在姜伟的面前。姜伟却没有了往日想要仔细看这张美丽脸庞的冲动了。周雪是本地人。当初，是姜伟拍板把周雪招了进来。那时周雪刚大学毕业，前一个前台小姐离开了，姜伟托了朋友，说帮我找一个前台女孩子，要大学生，气质也要好。朋友当时还愣了一下，说："你这老姜，是招前台还是招老婆啊，还大学生，还气质好，你想什么呢？"姜伟说："我给她月薪八千。"朋友又愣了："八千？你不是疯了吧？一个前台小姑娘你居然给八千！"不过，朋友还是通过关系帮他找了好几个，符合姜伟这个条件的女孩子。最后，姜伟留下了周雪。

事实上，这也证明姜伟是对的。正因为美丽的大学生周雪站在前台，像餐馆的形象代言人一样，餐馆的档次一下子就被拉高了，也吸引了更多有层次有身份的人走进餐馆。

现在，周雪在餐馆已经待了有三年了。

周雪站在那里有一会了。

姜伟一直没吭声。

周雪忍不住，不由叫了声："老板……"

姜伟像醒过来似的，忙不迭地说："哦哦，周雪，你来啦。"

这一个多月，餐馆里员工42个人，除了年前离职的5个人，还有滞留在湖北出不来的5个人，现在，其他32个人，都已经陆陆续续地回来了。

眼下，这已经是3月的天空了。就连餐馆外，都已经洋溢起了春天的气息，餐馆旁侧的绿化带里绿意葱翠，似乎，连外面的空气都带着春的味道。

姜伟还坐在那里，这是餐馆里最大的一套包间，最多时可以容纳20人以上的就餐。现在，30多人站在里面，也并不觉得有多么的挤。围着一张大圆桌，坐在姜伟旁侧的分别是陈胜和周雪，其他人依次而坐，或是站着。他们的眼睛都毫无例外地向姜伟。

姜伟说："不瞒大家，这两个月，我们餐馆面临有史以来的最大困境，店开不了，没有收入，但还是要支出，这支出不仅仅是大家的房租和工资，还有店面租金，包括年前许多囤积的食物，很多都坏掉了。这都是损失。从我的角度说，我也是尽我最大的力量，也在努力克服着这个困境。但从目前来看，哪怕是接下去四五月餐馆开门，估计也不一定会有什么生意。就像我们许多人，原本不喜欢戴口罩，甚至从没戴过口罩的人，这次都不得不因此而戴上了口罩，这需要一个时间的过渡。同样的，口罩戴上了，哪怕疫情过去了，一下子要让大家摘下来，这也需要一个时间的过渡。所以说，这个困境会越来越难。"

姜伟顿了顿，又说："但从我的角度来说，亏，我认了，我不愿大家一下子没了工资，一下子走上失业没饭吃的地步。但我也希望大家能够和我，和我们一起战斗了一年两年，甚至十年八年的饭店共同撑下去。接下去，也是我想说的，相信大家也都拿到了刚刚过去的2月的工资了，大家会说，这数字，比1月少了。少了不少。这次，确实是少了，我只能给大家发基本工资了。1月份，我是关照财务的，再苦再难，1月该给的钱，我们一分都不能少给大家。但2月，包括接下去，餐馆还没走出困境的几个月，我都只能给大家基本工资了。"

姜伟又停顿了下，说："如果大家觉得我钱给少了，觉得我违反了劳动法。没关系，你们可以去告我，去劳动局，去劳动仲裁部门，去任何单位告我，或者，你们也可以选择离开餐馆，去找更好的地方，但现在，事实上，我也确实是没有办法。讲我的心里话，我并不希望大家离开。在这里，我只能这么给大家承诺，只要你愿意留在餐馆，愿意继续跟随着我姜某人干，我就不会开除你们中的任何一个人。给大家租的房子，我会继续租下去，给大家的基本工资，我也会一直发下去。哪怕是到后面，我倾家荡产，卖楼卖房，我也会兑现这个承诺……"

说着说着，姜伟的眼圈已经红了。

包间里有一时的沉寂。

很快，有声音轰然响起。

"姜老板，我们不走，我们愿意给你干，哪怕你只有一碗饭给我吃，我们也跟着你干！"

"对，姜老板，我们信你，我跟着你也快五年了，你的为人我太清楚了，我不走，一定不会走！"

"姜老板……"

声音此起彼伏，一句接着一句，句句让人听着动容，听得热血沸腾。姜伟眼睛里噙着的泪，终于在有一刻，不由自主地就掉落了下来。

有多少年，姜伟没有流泪了。姜伟的这个眼泪，是为了员工们的那些话儿，还是别的什么，已经说不清楚了。

鼓掌声，不知道是先拍起的。

姜伟看见大家都在拍着手，看见陈胜在拍，陈胜的眼圈也红红的，周雪也在拍，周雪的眼泪水也早就下来了。姜伟跟着也用力拍了起来。

这一晚，姜伟做了个梦。姜伟梦见疫情都过去了，餐馆重新打开了，以前的客人们都过来吃饭了，甚至比以前的生意更好了。在姜伟接到几个老板电话的同时，陈胜也冲了进来，也不等他在忙打电话，轻声地说："好几个老板给我打电话，要订桌吃饭，要……"姜伟点着头，示意他听到了，他都听到了。姜伟的脸上没有笑出来，但心里早已经乐开了花，像压抑了好久的阴沉的天，在这一刻，终于是晴空万里了。

姜伟还梦见自己又去了趟丈人家，这次，他是负荆请罪去的。丈人上次的态度是不好，但这也是情有可原，是自己有错在先，是自己先对不起刘梅。若不是自己做了这个错事，丈人也不会这样的。姜伟去到了丈人家里，刚好刘梅也在。正对着丈人丈母娘，还有刘梅，姜伟一下子就朝他们跪了下来，这也不知道是哪里来的勇气。姜伟一个劲儿地说："对不起，对不起，是我错了，我错了，请你们一定原谅我，我再也不会这样了。"丈人丈母娘，还有刘梅的眼泪一下子就出来了。终于，刘梅冲了上去，要去扶起姜伟，不知怎么地，人没扶起来，倒是抱着姜伟一个劲地号啕大哭起来。

姜伟还梦见自己给晓琪发了条微信："对不起，以后，我们不要再联系了。"晓琪的微信回复过来了，电话打过来了。姜伟删了晓琪的微信，又拉黑了晓琪的电话。姜伟一个劲地告诉自己，不能再做错事了，不能再越陷越深了，我是有家庭，有孩子的男人，我要有责任心，我要有一个男人改正错误的勇气和信心。

然后，姜伟就醒了。

阳光通过透明玻璃暖暖地洒进来，照在姜伟的餐馆的三楼的休息室里。这些天，姜伟一直都住在餐馆里。姜伟感觉自己已经没有家了。姜伟也没有脸回自己家了。

这是 3 月的最后一天。

茶几上的电话响起的时候，姜伟像是从沙发上被震了下来，是镇里老吴的电话，老吴的大嗓门透着激动。"姜老板，给你带来个好消息，随着疫情防控取得阶段性的胜利，从明天起，我们将组织相关人员对你们餐馆进行检查，只要检查通过，你们马上就可以重新开业了……"

这，这是真的吗？

姜伟握着话筒，心里有激动，无以言说的激动，甚至，在对方的电话挂掉前，姜伟说了什么，连他自己都不记得了。姜伟只听到电话那端，传来嘟嘟嘟地被挂断的声音。

事不宜迟！

姜伟赶紧电话给了陈胜："赶紧过来，你再叫上周雪！"

半小时后，陈胜和周雪已经回到了餐馆，好多个员工们也都回来了。在简单交代过后，姜伟匆匆地往车上走去。这个时候的餐馆里，戴着口罩的员工们都已经忙开了，这是一场振奋人心的大扫除。

姜伟的车，正徐徐地开出餐馆的院子。方向，是老丈人家。这是一个不得不解决的事情。再然后，姜伟还要联系晓琪。油门轻踩，车子风一样地驶过，周边的建筑物和树，跑步样地在往后跑，映衬着姜伟的车和心在不顾一切地往前跑。就像这眼前早已明媚的春天，不管有没有人去关注她们，都无法阻止这春天到来的脚步！

发表于《延河绿色文学》2020 年 5 期

◀ 奶奶的院子

　　奶奶住一个很大很大的院子，院子的正中央，种了一棵高高大大的雪松。雪松移植过来时，并不如现在般的粗壮。这么些年过去了，雪松越长越大，越长越高，一层层的羽翼像叠起来般丰满，遮盖着屋前一大块的空地。

　　早上，起床后的奶奶，如往常般，走出了楼房。大大的院子里，有三幢呈 U 字形的楼房。左侧一幢，右侧一幢，还有中间的一幢。奶奶住中间一幢的二层，煮饭是在底楼。奶奶有三个儿子。奶奶住的是小儿子的楼房。

　　除了三个儿子，奶奶还有三个女儿。

　　那一天，奶奶站在院子里，心情是无比舒畅的。奶奶在计算着日子。奶奶的算术不好，没上过学。只能凭着记忆，或者说是感觉，来测算日子。奶奶在算自己生日的日子。前一段时间，小儿子在一个午后出现在奶奶面前时，着实把奶奶高兴了好大一会儿。奶奶说："你怎么回来了？你回来怎么不说一声，你午饭吃了吗？没吃我帮你烧，就是没什么菜，只有地里的蔬菜。"小儿子说："妈，不用忙乎了，我都吃过了。"小儿子住在县城，算是子女们中与奶奶住得最近的一个。小儿子小儿媳在县城上班，小孙子在县高中上学。县里的教学水平比乡镇的高，小儿子一家盼着孩子将来有个好的出息，从小孙子读小学起，他们就去了县城，一路从小学读到初中，又读到了高中。小儿子还在县城买了房，把那另一个家牢牢地按在了那里。

小儿子说："妈，你还记得吗？还有一个月就是你的79岁生日，我和哥哥姐姐商量过了，帮你过个80大寿。"

奶奶说："别呀，我一个老太婆过什么生日，有什么好过的呀。你和他们说，不用弄，千万不要弄，别乱花钱了。"

小儿子说："你就放宽心，什么都不用想，什么都不用做，只要你到时穿上新衣服高高兴兴地参加就行，其他的事儿，包括钱，有我们兄妹六个呢。"

奶奶还想说，花你们的钱，这我也心疼呀。但奶奶拗不过小儿子，也拗不过另几个儿女。儿女们都出息了，包括孙子孙女外孙外孙女们，还有更远的一代都好好的，那是奶奶最想也最期盼看见的。当然，奶奶嘴上是推着的，但心里却是高兴的。这是儿女们的孝顺，许多人想有还不一定有这样的福气呢。奶奶还想，到那个时候，儿女们，带着他们的儿孙们也都可以回来了，大家和和美美满满当当地，在这个大大的院子里，说话声，追逐声，欢笑声，可有日子没有这么多人的声音哩。奶奶还可以见见二女儿的外孙女，算是第四代的第二个孩子了。一张粉嫩的小脸，一定是嘟囔着笑的吧？还有大儿子的大女儿，也结婚了，什么时候可以把孩子生下来；二儿子的女儿，据说也谈男朋友了，上次说，也要带回来，给她见见呢……

小儿子陪着奶奶说了好半天的话儿，还帮奶奶扛了些柴火到厨房间，把灶台里面堆柴火的地方塞得满满的，都快没有人坐的位置了。奶奶说："够了，够我烧一段日子了。"小儿子还从房间里拿了个大大的水桶，从河边倒了好几次水，把奶奶前几天种的蔬菜又浇了一遍。那些菜儿，在经过水的滋润后，越发的碧绿了。浇完后，小儿子还在一块菜地里挑了几棵大白菜，还有长得高高的芹菜。小儿子还带来了鱼，也带来了肉。小儿子说："妈，晚饭我们吃红烧鳊鱼，红烧肉，还有清炒大白菜，芹菜炒肉。"奶奶说："不用那么多菜的，哪吃得完啊。"小儿子说："妈，一定吃得完的，你多吃点。"奶奶说："对，吃不完我就明天吃，明天吃不完我就放后天吃。反正，是不能浪费的。"

那一顿丰盛的晚饭，奶奶果真是吃到了第二天，还吃到了第三天。第三天，奶奶就着红烧肉剩余的肉汁，把米饭倒进去，拌着吃，也挺好吃的。奶奶吃得是津津有味，可有日子没好好吃这么多荤菜了，把个红烧肉的盘子吃得都是干干净净的。剩下的鱼肉呢，奶奶多半给了小猫吃。小猫和奶奶一样，也难得沾一点荤腥，吃得是津津有味。

小猫是奶奶去河边洗衣服的时候看见的。小猫就站在河畔边，灰色的毛发，看到了奶奶，轻轻地唤了一声：喵儿。奶奶朝着小猫微笑了下，还招了招手。奶奶喜欢猫儿，平常有邻居家的猫儿进到家里。奶奶只要有好吃的，总会给它们吃。

奶奶端起衣服，回到了院子里。奶奶听到了身后窸窸窣窣的声音，回过头，看到了跟着走进来的小猫。小猫跟随着奶奶的步伐，也踩着小小的步子，跟了进来。奶奶又看了小猫一眼，说："你是没有地方去吗？"小猫看着奶奶，平静地站在那里。奶奶又说："你叫什么名字？"小猫看着奶奶，继续平静地站在那里。奶奶说："你愿意留在这里吗？"小猫还是看着奶奶，这次，竟是听懂般地点了下头。

日子像奶奶院子前的一条河。河不大，两三米宽，河水往东流，往西流。退潮，涨潮。奶奶走到了河边，又站在了水桥上。奶奶洗衣服，淘米洗菜，都要用上河里的水。用完水，奶奶又走回了院子。

一天天的日出日落。奶奶的生日，就在眼前了。

奶奶的三个儿子，是最早回来的。小儿子是第一个，然后是二儿子，三儿子。三个儿子像说好的，脸上都带着笑，叫着妈。奶奶脸上笑眯眯地，这一笑，皱纹就显得深了。一条一条的，清晰地密布在奶奶的额前。三个儿子一起进了大儿子的屋，二儿子从口袋里掏出一包香烟，给大儿子递了一根，又给小儿子递了一根，也给自己拿了一根。香烟被一根根地点上，房间里很快就烟雾缭绕起来。大儿子说："西边郭家有四五口人，是要请的。"二儿子说："老宅的几个叔伯家，也是要请的。"小儿子说："还有那香港的小叔家，上回就说过了，小叔一定会来，这次要和他们问问，小叔的子女会来几个人……"

儿子们在盘算的时候，奶奶进去了。他们还看到了跟随奶奶进来的那只猫。三个儿子看到了奶奶，赶紧掐灭了手上的香烟。奶奶一闻到烟味就咳嗽，小儿子站起身，赶紧去开窗，窗户一打开，一阵风就吹进了屋。奶奶先是用手捂了会鼻子，待烟雾小了些，就放开了手，说："不用请太多人的，简单一点吧。"奶奶说："你们能回来就好了。"奶奶还说："要不要我拿点钱出来给你们。"三个儿子都笑了。大儿子说："妈，这个事儿你完全不用操心的。"二儿子说："妈，你放一万个心吧，有我们呢。"三儿子说："妈，你到时就坐下来，其他的什么都不用管的，做好你的老寿星就可以了。"

三个儿子之后，三个女儿陆续也都回来了。二女儿先到，帮着奶奶料理家务，还给奶奶收拾屋子。二女儿边收拾边说："有一些没用的东西你就扔掉一点，你看你这个屋，我多少时间没帮你整理，就乱成这样了。"奶奶说："都有用的，哪里有没有用的东西啊。"二女儿说："妈，你呀你，什么都当作宝贝。"二女儿把一节用过的电池往袋子里扔，又把一个有裂口的茶杯扔垃圾桶里，奶奶说："不用扔，还有用呢？"二女儿说："用？你怎么用？你看这边都坏了，你嘴巴放上面还不得划破嘴唇啊。"二女儿还翻到了许多包装精美的饼干、巧克力，喝的牛奶酸奶，都是过年时或是他们几个回来时给奶奶买的。二女儿说："妈，你这些东西怎么都不吃也不喝呀，都过期，过期了呀。"奶奶说："还可以吃的呀，还可以吃的呀。"二女儿把那些过期的一大堆食品统统往垃圾桶里扔，这一个垃圾桶完全都装不下，奶奶心疼，说："不要扔，不要扔呀。这些怎么可以扔啊！"二女儿说："妈，这些东西不扔掉，你吃坏了怎么办，你放心吧，我们再给你买新鲜的。"二女儿说："还有，妈，今晚我们姐妹几个都不回去了，陪你一起睡。"奶奶听到这，心情莫名地开心了起来，也不拦二女儿了，任着她提着垃圾桶就下楼了。一会儿，二女儿又噔噔噔地脚步声上来了。二女儿以前没去上海前，经常往奶奶那边跑，帮着奶奶收拾房间，有时天气不好，二女儿就不回家了，陪着奶奶睡一晚。一晚上的唠嗑说话，奶奶总有讲不完的话儿。后来，二女儿的女儿也有了孩子，就跟着去了市区。回来的日子，越来越少了。

临办大寿的前一天，第三第四代的孩子们也都回来了，远远地看到了奶奶，都亲热地叫着，奶奶，外婆……还有奶奶的香港小叔，也在下午赶了回来，香港小叔也带来个小儿子。香港小叔的小儿子，跟着一起回来过两三次，活脱脱的一个标准香港人的模样，还带着几分粤语的音调，亲热地叫了声："婶婶。"爷爷走得早，奶奶一个人生活了好多年。香港小叔是爷爷的弟弟。早在战乱的年代，香港小叔就偷偷地离开了家乡，离开了父母，也是历经了千辛万苦，才去到了香港。从香港的底层混起，苦了好多年，渐渐地，也在那里扎下了根，娶妻生子，留在了香港，真正成为一个香港公民。

因为一直对爷爷的愧疚，当时把一家子都丢给了爷爷，香港小叔对奶奶很好，见到奶奶，总是叫着嫂子，一脸崇敬的表情，当然，对六个侄子侄女也是非常好。这些年，香港小叔几乎每年都要回来一趟，来看看奶奶，也看看侄子侄女们，给他们带好吃的，还给奶奶，给侄子侄女们塞钱。香港小叔给奶奶时，奶奶不要。小叔说："嫂子，这是我的一点心意，你就拿着吧。"奶奶说："不要不要，我现在有吃有喝，要什么钱呀。"左推右推间，香港小叔还是把钱扔给了奶奶，然后赶紧跑了出去。

奶奶大寿的日子到了。那是个秋高气爽，气候宜人的一天。

这一天，也许是因为兴奋吧，奶奶早早就醒了。奶奶去拉灯，灯的那根线在床的边上，总是拉不到。奶奶还在漆黑一片中拉着的时候，灯突然就亮了。是二女儿拉亮的。奶奶这才想起来，昨晚二女儿也没回去，还在这里陪着她。二女儿这次已经陪了她好几天了。二女儿打着哈欠，说："妈，你干什么呢？"奶奶说："我睡不着了，起来看看几点了。"二女儿看了看墙上的挂钟，说："才两点多呢，离天亮还早着呢。"奶奶说："哦，这么早啊。"奶奶的声音，有那么几分失望。奶奶其实还在纳闷，这怎么这么早呢。二女儿拉灭了灯。奶奶平躺在床上，眼前全是黑的，黑乎乎的什么都看不见。奶奶想，这时间过得怎么这么慢呢，以前怎么过得是那么快呢？

天是差不多5点多的时候亮起的，奶奶先下了床。二女儿也醒了，说："妈，还早呢，你怎么起来了？"奶奶说："哦，睡不着，睡不着了。"奶奶到了楼下，初晨的院子是安静的，还能听到虫儿的鸣叫声，回来的三个儿子也都还没起床。奶奶还看见了小猫，小猫从房间里出来，朝奶奶叫唤了一声。这几天的来人可太多了，小猫还有点儿不习惯。奶奶说："猫儿，这些都是我的儿女，你不要害怕。他们都不会欺负你的。"

奶奶在院子里的水泥地上扫了会儿地，小儿子，还有二女儿都下来了，拉住了奶奶。小儿子说："妈妈，今天是你的大日子，你不用扫地的啊。"奶奶说："我每天早上都扫地的呀，我都扫习惯了。"二女儿拿过了奶奶手上的扫帚，说："妈，今天我来扫吧。"二女儿甩开手，用上了几分力，刷刷刷地，院子里顿时响起了长长的声音。

当太阳徐徐升起的时候，院子里的人越来越多了，三个儿子，三个女儿，都站在了院子里，还有他们的儿女们，都叫着奶奶。奶奶接了这个的话，又接了那个的话，都有点应接不暇了。平常看不到的亲人们，到这一天都能看见了。奶奶看到了大儿子的一双儿女：大孙女、大孙子。大儿媳离开得早，他们都是跟着奶奶一起长大的。那个时候，大儿子要去外面干活，大孙女、大孙子一回家，就是往奶奶家跑。吃饭，也是奶奶给他们做的。大孙女爱吃河虾，奶奶就经常给她买虾，豆腐干炒河虾，鲜美可口；大孙子的胃口好，奶奶给他盛的饭，一定是在大海碗里，并且盛得满满的。现在，两个孩子都长大了。没有结婚，却都早早地参加工作。大孙女甜甜地唤了声："奶奶。"大孙子也是响亮地叫一声："奶奶！"叫唤得奶奶的眼睛笑得像眯成了一条缝儿。

奶奶看到二儿子的女儿，二孙女。二儿子夫妻长期在外面干活，回来得少。二孙女小的时候多半在外婆家住，在家的时间少。

二孙女也是个孝顺的孩子。去年刚刚参加工作，二孙女买了两袋大礼包，一袋给了外婆，一袋给了奶奶。二孙女说："奶奶和外婆是一样的，对我都是非常的好。"二孙女看见了奶奶，也甜甜地唤了声："奶奶。"唤得奶奶的眉眼一动一动的。

奶奶还看到了小孙子。奶奶还看到了大女儿，二女儿，小女儿的子女们。这些也都是奶奶的孩子。孩子们都甜甜地唤着："奶奶"，"外婆"。唤得奶奶都来不及应："好，乖啊！"

中午摆了四桌，大儿子家、二儿子家各摆了两桌。烧煮是在小儿子的屋里，小儿子还专门请了个厨师，厨师是和小儿子一起长大的，姓赵，住隔壁村，在附近的一所中学食堂做厨师。赵厨师认得奶奶。在奶奶走过厨房时，赵厨师的耳朵上各夹着一根烟，主动朝奶奶打招呼，说："阿姨，你还认得我吗？你的儿女们对你真好，你可真有福气啊！"奶奶笑呵呵地，说："你也好啊，今天，辛苦你啦。"赵厨师说："应该的，应该的呀。"

10点多，人来得越来越多，都是一些比较近的亲戚。可能是太长时间没有见面，好多人站在奶奶面前，奶奶都有些认不清了。一个像大女儿一般大的女人，叫了声："姨婆，你好呀。"奶奶眼睛睁得大大的，使劲在瞅着，也握住对方的手，说："哦，哦。"女人说："奶奶，你是不是没认出我呀，我是柳琴呀，你的姨侄女，我爸是刘松年……"大女儿正好也在旁边，做着解释。奶奶恍然间，想起来了，说："哦，哦，对，对，你瞧我这记性，柳琴，对，柳琴……"

午饭开始前，三个女儿把奶奶带到了房间里，新衣裳早就准备好了。奶奶看到了那大红颜色，又新崭崭的衣服，说："呀，这个衣服，要花很多钱吧？这个，也太浪费钱了。"三个女儿又好气又好笑地说："妈，你就真不用操心这钱啦，今天是你的好日子，好好的，穿得漂漂亮亮的，比什么都强，知道吗？"

奶奶穿着这身新衣裳，走出去时，好多人都说这衣服好看。奶奶摸着这领子，又摸着这料子，再看看大家，有些不好意思。我这么一个老婆子了，穿这样的衣裳，合适吗？从年轻到现在，奶奶从没穿过这么艳丽的衣服呢！

下午，奶奶有午睡的习惯，今天来这么多的人，奶奶原本不想午睡的。但到了时间，奶奶的眼睛就像是打起了鼓儿，不由自主地上下敲打起来。奶奶迷迷糊糊地睡着，再到醒过来，是听到了外面小猫的声音。奶奶就起来了。

楼下的大院子里，大女儿的外孙，二女儿的外孙女，两个二三岁的曾外孙，曾外孙女，正逗着小猫在玩。那个长得虎头虎脑的曾外孙，摇摆着短短的步子，边在追赶着小猫，边在扯着嗓子呜呜地喊着。还有那个秀气可爱的曾外孙女，似乎是在做着配合，尽管是在原地欢乐地跺着脚，但嘴巴里也在呼喊着。小猫也像是在逗着他们，迈开的步子不是很快，也没有马上逃离，在陪着他们一起玩儿。时不时地，小猫还停下来，一双眼睛不无好奇地看着他们，嘴角也在轻轻地蠕动着。小猫嘴角的胡须，也似乎是在弹动着。

晚上，院子里所有的灯都打开了，把院子里映照得像白昼般，奶奶还是第一次见到，院子里原来可以是这么光亮的。灯光下的院子，加上那么多的子女，亲人们簇拥着，奶奶的心头是一阵大大的满足。围在一众子女中的奶奶，嘴角一直是张着的，像是从来都不会合拢一样。

这些，都是 8 年前的事儿了。8 年的时光，像是一阵风。一晃眼之间，就过去了。奶奶老了。比起 8 年前的奶奶，现在的奶奶，又老了许多。

一个上午，大女儿回来了。大女儿也过了退休的年龄。大女儿陪奶奶吃了顿午饭。大女儿原来烧得还是挺好吃的，今天，奶奶吃了几口，就把筷子放了下来，说："吃不下了。"大女儿皱了皱眉，叫了声："妈……"奶奶说："有什么话儿，你就说吧。"

大女儿说："上回，我们说让你去养老院的事儿，你考虑得怎么样了？"奶奶从座位上站了起来，手不小心还碰触到了碗上的一双筷子，两根筷子一先一后顺势地掉落在了地上。奶奶也没有低身去捡。奶奶的眼睛，从屋内看到了院子里，那只陪伴她这么多年的小猫，不，现在已经是大猫了，它躺在地上，像在闭目养神地打着瞌睡。大猫现在越来越嗜睡了，动不动就趴着，懒洋洋地，像另一个年迈的奶奶。

奶奶已经不敢独自一个人去河边了。从院子里，走到河边，几十米的路。奶奶能走到气喘吁吁。好几次，奶奶在河边，都摇摇晃晃地站不住脚，感觉整个世界都在晃。儿子、女儿们都来劝过了。他们想送奶奶去养老院。

这些天，奶奶的心里也想了许多。

同村的姚老茂，70多岁，前年去了养老院，去年回来了，是儿子捧着回来的。算算时间，在养老院也就待了一年多一点儿。姚老茂当时走的时候，还特地上了奶奶这边坐了一会儿。姚老茂坐在院子里长长的凳子上，看着走来走去的奶奶。姚老茂说："大姐，我住的那屋子，你多帮我看看，照应着点，儿子说让我去享几天的福，我还是要回来的……"姚老茂走的时候，脚步已经有几分跟跄了。奶奶还看到了姚老茂眼角的红。姚老茂自始至终，就没再回来过。

　　还有邻村的……

　　奶奶从没见过一个人，去了养老院，还能回来的。去了养老院，也许就注定，和以前的所有一切，你生活过的土地、屋子、院子，都毫无关联了。是永远不会回来了吧？奶奶不由自主地又看了眼院子里，这一眼过后，也许就再也看不到的，眼前这三幢呈U字形的楼房。左侧一幢，右侧一幢，还有中间的一幢。奶奶还看到了那只大猫，不知什么时候，大猫身边多了好几只猫儿。那些猫儿，都是大猫的孩子。它们很亲昵地在一起。可是，大猫有孩子们的陪伴，难道也让它陪着自己，终老在养老院吗？多好呀，何必要拆散它们呢。有时候，人不如猫呀。

　　奶奶去的养老院，不是在乡里，而是在县里。奶奶去的那天，二儿子开着车，从市区回到了乡下，奶奶的衣服、被褥，把车子塞得满满的。奶奶坐着车，车子从院子里开出来，缓缓地开，开了一条很漫长的路。奶奶的眼睛一直在看着车窗外，看路边的河流、树木、房屋，还有走过的，熟悉，或是不熟悉的人，还有脑海里那些过去的事儿。二儿子喊了声："妈。"奶奶回过头时，眼圈早就红了。

县城的养老院，比奶奶想象中的要好许多。车子开进养老院，车门还没打开，奶奶就看到了站在那里的熟悉的人。大女儿、二女儿、小女儿，还有大儿子、小儿子，都站在那里。车门是大儿子帮着打开的，喊了声："妈——"奶奶刚刚控制住的眼泪，在这一刻，终于是如潮般地奔涌而出。

奶奶住的房间的床位，儿女们都帮着铺好了。奶奶住的房间大概有 10 来平方米，里面有两张床，除了奶奶，还有一个 70 多岁的老太太。老太太看到了奶奶，说："大姐，你可真有福气啊，你看你那些子女，可都来了。"奶奶敷衍样地点了点头，说："哦，哦。"奶奶说完，就不再说话了，脸上也没什么表情。奶奶还在想着那只大猫，大猫在院子里还好吗？它一定还在过着孩子们陪伴的好日子吧？

大女儿来了。大女儿陪奶奶住了三个晚上。床有些挤，但奶奶挤得很舒坦。大女儿可有日子没陪奶奶一起住了。大女儿帮奶奶做了一些事儿，也和奶奶说了一些话儿。奶奶的心情慢慢地变得和缓，主动和同屋的老太太也讲话了，还和两边隔壁的老太太们说着话儿。大女儿后，是二女儿来住了几天，后面又是小女儿。奶奶也已经习惯了这里的生活，比起自己那个孤孤单单一个人的大院子，这里显然要热闹太多，也方便很多。早饭、中饭、晚饭，都是热气腾腾，新鲜的饭菜。只要到那个时间，奶奶就可以去食堂吃。几乎就是饭来张口了。洗衣服，晾晒衣服，晒被子，也都很方便，都在这大大的院子里。还有聊天，扯闲篇，能说话的人太多了，奶奶再不怕孤单一个人了，有好几个老太太，都和奶奶成了好朋友。

隔三岔五地，儿女们一家一家的，也都来养老院看奶奶。大女儿的外孙，跟着大女儿一家来看奶奶了。外孙已经长大了，上了小学，高高的个儿，站在面前，像棵苗壮成长的小树苗。这个曾外孙几乎都有她那般高了，现在的孩子营养好，真的是不一样呀。奶奶看着这个棱角分明的男孩子，不住地点着头，说："好，好。"

还有二女儿的外孙女，还有大儿子的外孙女，二儿子的孙子，一下子第四代的孩子已经有三四个了，他们一个个的都古灵精怪地，也跟着一起来看曾奶奶、曾外婆。奶奶乐得都有些合不拢嘴了。

小孙子大学毕业，刚参加工作。从市区回到了县城，回了趟家，又来看奶奶，还给奶奶收外面晾晒的被子。奶奶说："我来，我来收。"小孙子说："奶奶，我收得比你快！"果然，高个儿的小孙子两只手一拢，被子就到了他的手上，再往身上一捧，跟着就拿进了屋子里。奶奶在后面跟着，都有点跟不上。屋里，小孙子又给奶奶叠好了被子。奶奶和小孙子扯着闲话，说着说着，奶奶说："女朋友谈了吗？"小孙子的脸就红了，像个做了错事被抓的孩子，声音低低地说："奶奶，您别急嘛，我还不想呢。"

一晃眼，奶奶在养老院就待了有一段日子了。

那是一个天气晴好的日子，也是一个十一假期。大儿子和二儿子开车来养老院看奶奶，也顺带把奶奶给接回了家。奶奶看着车，从养老院的大门开出去，再缓缓地上马路。奶奶心头还有那么几分的不确定，这是真的要回家吗？是真的回家吗？家里会怎么样？那个院子，是不是会变化很大呢？奶奶真感觉有那么一点的不真实。

直至，车子在行驶半个多小时后，在院子外的马路上停下来。奶奶透过车窗，看到了熟悉的那些树木，河流，还有那个院子。奶奶有点迫不及待地从车上下来，快走几步，走进了自己的院子。院子里，三个女儿都在扫着地，地很干净，比奶奶以前扫过的一样干净。院子，和往常还真没什么差别。远远地，在院子旁侧躺着的大猫，好像瘦了些，看到了奶奶，瞬时像阵风般地扑了上来。大猫还是第一次这么和奶奶表示着亲昵。

大儿子的屋子里，早已热热闹闹地，摆了两桌，桌上已经放满了菜，还有站着的人。都是奶奶的子女们，孩子们。大家叫唤着："妈……"，"奶奶"，"外婆……"奶奶的眼睛突然又红了。是大儿子先说的话。大儿子说："妈，我们送您去养老院，不是不想照顾您，是想您得到更好的照顾，我们都不在您身边，您年纪也大了，我们不放心您一个人啊。而且，养老院在县城，也方便我们大家从市区赶回来去看您。像这些放假的日子，我们都会接您回老家的院子看看的……"

奶奶的眼圈又红了。奶奶使劲抹着眼泪，脸上却又是带着欢乐的笑。

发表于《草原》2019 年 1 期

◀ 小梦想，大梦想

　　冯果家的屋后原本是一大块农田，站在后门处望过去，几乎看不到边际。每到农忙水稻季，农田里放满了水，弯下腰忙碌碌插秧的邻居们朝冯果打着招呼，笑着说："小公子这是在看风景呢？要不要下来玩会儿水？水里可舒服了呢！"小小的冯果看着，心里头不由得就痒痒了起来，四周望了眼，爸妈都没注意到他，果真就脱了鞋袜，白皙的小腿伸展着，小心翼翼地往浸过水后变松软的农田里踩去，软绵绵地别提有多舒服呢。可刚踩下去没多久呢，冯果的小腿肚上就感觉到了鼓鼓的，胀胀的，像被依附上了什么东西。冯果的小眼睛瞅上去一看，腿上还真有个物什在上面，小脚抖了抖，却怎么也抖落不下去。

　　旁侧的邻居看到了，说："哦，这是蚂蟥呢，专吸人血的，可以把人血给吸干……"是玩笑，还是真的？冯果却是吓坏了，妈呀地一声喊，噌地一下就从田里跳出来，往屋子里跑去，边跑边抓起腿上的蚂蟥，一下不知甩到了东南西北的哪个方向。

这些都是停留在冯果记忆中的惊魂未定，像是一个小小的坎，哪怕是多年过去了，冯果的心里头仍然为此耿耿于怀。这或许也是这些年冯果一直没有下到农田的主要缘由，怕什么？为什么要怕？冯果自问，他也答不上来。总之，冯果不想再干农活，像这小时候让他胆寒，心有余悸的蚂蟥。不仅如此，还有农村的破落、贫穷、封闭等，眼前的这些熟悉的人，哪个不是因为在田地里的劳作，而被晒得黑黝黝的，全身泛着油光。这都迫使着，让冯果不断地告诉自己，要跳出农门，要走出去，不要待在这里。

　　这是停留在小小的冯果内心深处的，小小的梦想。

　　但，有时候人生又是这样矛盾和错位的。

　　这一天，冯果回到农村老家，和父亲老冯大吵了一架。吵的缘由很滑稽。冯果在城市里读到了大学毕业，现在又响应国家号召主动要求来农村工作。这让老冯很不理解了："我说你读了这么多年的书是不是把脑子给读坏了，还是你白读了，像你现在到乡下干活，即便你不出去读书也可以干哪！又何必读那么多年的书费那么大的劲儿呢！"冯果的脸通红，说："爸，你懂不懂呀，我现在的这个情况是回乡下工作，和我这不读书在乡下干活是两种概念。"冯果特地把"工作"和"干活"几个字说得很大声。老冯完全听不懂，说："可我也没看出来，你这个有什么不一样的……"冯果苦劝无果，只能摇摇头走出去了。

　　刚出门，冯果的电话响了，是周丽。看到周丽的电话，冯果心里头的那些不快马上就飞到了九霄云外。周丽说："回到自己家里干活，是不是很神奇，又很开心？"冯果看一眼屋内的老冯，说："是的，挺开心，你什么时候过来？"周丽说："我先保密……"周丽哈哈地笑了。挂了电话，冯果脸上还带着笑，这个古灵精怪的城市姑娘！

冯果大踏步地走出了院门。门口有一条长长的小石子路，东西走向的一条路。每次，冯果踩在这条路上，磕磕碰碰地走得总有几分坎坷。再往前，是一条河。每年夏天，冯果都在河里游泳，一头扎进去，浪里白条似的再从河中央冒出来。

冯果之所以回到乡下，很大原因是为了周丽。有一天，这个城市姑娘突然跑到冯果面前，说："冯果，我们一起报名去农村吧，就去你们家那里。我喜欢农村，我迫不及待地想要到农村待上三个月，不，待个半年、一年。"冯果痴痴地看着这个美丽的姑娘兴致勃勃地在自己面前神采飞扬地述说，心里早就乐开了花，有多少男同学都是对周丽行注目礼的。其中不乏又帅，家里又殷实的城市男孩，宋安顺无疑就是其中一个。冯果一直觉得，和宋安顺相比，自己无论从相貌，还是家境，都差了太多。好在，周丽倒并没有太多的介怀，这也是让冯果比较欣慰和充满希望的。

周丽分到的建和村，与冯果的永安村不远。冯果给周丽打了个电话，说："明天，我去镇里接你吧，时间我都打听到了，我……"冯果有几分兴奋，发自内心的小小得意。周丽说，好了好了，我知道了。

第二天一早，村东侧李宝才家的两间破落的老屋先是冒起了浓烟，浓烟越来越大，在有人发现开始大喊时，火势已经不可抑制的上来了。燃起的火像一只被关闭已久的困兽般肆意地张牙舞爪。

在村书记耿东和冯果赶到时，已经有好几个人在帮忙救火了，马路边的那条小河无疑帮上了忙，个儿高高的年轻小伙马明阳手上提着一个大空桶，快步地穿过石子路跑到河边，在河里装满水后，提着满桶的水冲到了屋子那火苗乱窜的位置，使劲地把水泼了上去。

耿东像发现了什么，突然喊了声："冯宝才，有人看见冯宝才了吗？"又说："119，120电话有谁打了吗？"

"冯宝才，好像没看见冯宝才呀。"

"电话，电话都已经打了。"

似乎也是在这个时候，大家才发现，冯宝才不在这里。

"会不会还在屋里呢？"

"怎么办？这消防队的人怎么还没来？"

"要不要，先去把冯宝才救出来？谁能去？……"

大家的眼神从对视，再到那个着火的屋子紧闭的门上，好久都没有人说话，就连一直在帮着泼水救火的冯明阳擦了把额头上的汗珠，停顿了几秒，又提着大空桶去继续提水了。这火势，其实几个人泼上去的水，根本起不了任何作用。这火势，不要说冲进去了，哪怕是要靠近，都让人觉得这热浪难挡！

一个人影突然像一台急速启动的车，没有来由，也没有前兆，加大了马力，风一样地往火势里面冲，有点不顾一切地，在大家讶然，甚至惊呆了的眼神中，只听见"哗啦"地门被重重踢开的声音。

"冯果……"

老冯奋力地叫了一声，急促而悠长。

周丽去镇上报到的同时，冯果进了医院。这真像是做了一场梦，冯果梦见自己冲进了火海，屋里的浓烟远远大于火势，即便如此，他还是不断听见了噼里啪啦的木材被烧裂开的声音。早已被烟雾熏得呼吸困难眼泪直流的他，努力睁大眼睛朝屋内去探寻，就看到墙角边隐约蹲着一个人，掩住脸还在轻轻地蠕动。他立马冲了过去，把那个人一把抱起，有点沉，他不自觉地踉跄了一下。再起身，他用尽了全身的力气，把那个人给抱了起来。刚刚的门在哪里？他在烟雾中睁大眼睛，像被辣椒辣过的眼睛，什么都看不真切。他微闭上眼，脑子里循着刚刚进来的大致方位，又一往无前地冲了上去。屋内的烟，燃烧带起的热浪不断折磨肆虐，他重重地吐了一口气，大步向前——

醒来后的冯果，还迷糊的眼睛，看到白茫茫的墙和白茫茫的被子，还有白茫茫的一名女护士站在自己跟前，突然发觉鼻子处痒痒地，像有羽毛在摇曳，还没反应过来，就听见了"扑哧"一声脆响。

"你这小姑娘，你怎么回事呀，病人，病人要休息的你知不知道……"

年轻的女护士岁数不大，教训起人来倒是毫不含糊，冯果一看，不由哑然失笑，被教训的竟是周丽。论年纪，这两个人差不多，一个差不多年纪的女孩子，训斥另一个差不多年纪的女孩子，看起来有那么几分滑稽。冯果原来想不理的，这小姑娘说说周丽也好，省得她到了乡下没得管束野起来。但听着听着，又突然有些不忍。周丽是她可以说的吗？即便冯果，也心疼都来不及呢！

冯果开了口，说："护士小姐，不怪她，不要怪她了……"

"你说你也是，你明明被她弄醒了，你还说不要怪她，你说你这个人是不是缺心眼啊，真搞不懂你们！"

"我，我……"

冯果突然不知道说什么了，周丽在旁倒是饶有兴致地吐着舌头。

"我可不管你们了！"

女护士扭过脸，起身，就出去了。

门关上了，冯果脸上带着笑，却看到周丽的脸瞬时就板起来了，这真像是七月的天，说翻脸就翻脸呀！

冯果急于打破这个坚冰，说："对了，你知道那个我救的冯宝才，他怎么样了吗？"

周丽说："哦哦，忘了你是大英雄了，那个人没事，比你醒得还早，你睡了两天，他睡了一天就没问题了……"

"我睡了两天？"冯果想着，看了周丽一眼，又想说，"那你是不是也陪了我两天呢？"话还没说出口，房间的门突然打开了，探进来一张宋安顺的脸。

冯果的表情，马上凝固了。

冯果出院回家，打开门，母亲就是一番劈头盖脸地骂："你这孩子，你说你怎么回事呀，你是不要命了！你不知道里面的火呀，你不知道这屋子随时会塌下来吗？你不知道我和你爸就你一个孩子吗？你要有个三长两短我们俩该怎么办？……"

母亲说到后面，眼泪稀里哗啦地往下落。

老冯坐在家里的土灶口没说话，只默默地抽烟。老冯戒烟已经一年多了。老冯的身子不好，前段日子去过一趟医院。医生看过拍的片子说，你抽烟好些年了吧？你看你这肺，都被烟给熏成什么样了？可不能再抽烟了！老冯听得脸都白了，手也抖了，愣了好一会。回到家里后，老冯果然就不抽烟了。每次，老冯一想到要抽烟，嘴里都像念经一样地念念有词：不能抽，不能抽。这样持续了半年多，老冯戒掉了烟。

可现在，老冯又抽烟了。

屋子内的气氛有几分沉闷，冯果想着打破这尴尬，却又找不到合适的突破口。冯果想了想，一个美丽的身影跃然到了眼前。

冯果说："爸，妈，你们还记得上回在医院碰到的那个姑娘吗？挺漂亮的那个。"

"上回？在病房里见到的那一男一女两个年轻人，说是你同学？"

"对，对，都是我同学。就是那个女同学。"

"哦，挺，挺漂亮的呀！"

"她，你说让她做我的女朋友，怎么样？"

"女朋友？"母亲原本板着的脸上立马绽开了笑容，"那你怎么不让人家姑娘来家里坐坐，她是哪里人？爸妈是做什么的？她……"

母亲一连迭地说着话，老冯听着也入了迷，烟都烧到手指上了，不自觉地抖了一下。

冯果不由得笑了。

隔一天，县委机关的会议室里，齐刷刷地坐了两排年轻人。冯果、周丽、宋安顺也在其中，他们这批都是市里委派的大学生驻村干部。

一位县委领导坐在中间的位子，脸上带着笑，看着旁侧的两排年轻人，朝气蓬勃，青春正好，像在看年轻时的自己，连他的讲话都像是在回忆往昔。

"我在你们的这个年纪呀，真的也是意气风发，天不怕地不怕地，总觉得这路就在脚下，未来都是我的，我一定要奋发图强，好好地闯出一番事业来……"

"领导，看您现在也年轻呀。"一个男大学生在领导停下来时，开玩笑地说了一句。

"我现在哪，当然我也希望我还年轻着，可惜呀，这岁月是催人老，这不仅仅是脸上的老态，心里也跟着一起老啊。不过，我一定也是要很坚定地和你们年轻人一起发光发热。像你们中的一位，上回不顾自身安危冲进起火的房子里去救人，真的是连自己的命也顾不上了呀，这点来说，是我们大家学习的榜样呀。但是，从我个人的观点来说，勇气可嘉，但不值得提倡。在没有任何消防器具辅助的情况下，也没有任何外部的援助，这样贸贸然地冲进去，置自身的生命安危不顾，这是完全不可取的。国家把你们培养到这一步，并不是让你们就这么轻易这么草率地把自己交代出去，还需要你们在新农村建设的道路上发挥你们真正的作用，将你们在课堂上学到的知识广泛应用到实际的工作中……"

县委领导讲了许多，冯果的头几乎都快要碰到桌板了，从一开始被说到时的自喜，到恨不得地上开一条缝，自己一头钻进去。

有一会，冯果抬起头时，看到了对面的宋安顺。不得不说，宋安顺这个小"富二代"愿意下农村来当这个驻村干部，一定是为周丽而来。这是多大的勇气和多强的信心啊，哪怕是周丽拒绝过他，这个人还是冯果目前最大的竞争对手。无疑，他们俩其实更般配。冯果转过脸，刚好看到身旁的周丽，鼓励似的眼神在看着自己。冯果心里猛地一热，突然感觉什么都无所谓了，原本精神委顿坐在那里的他，一下子就挺起了胸膛。脸上，也不由得露出了一丝笑。

农村工作远比想象中的有难度和操作度。周丽去建和村上班的第二周，就哭着给冯果打了电话。

"冯果，我干不下去了。我，我是不是也不适合待在农村……"

"周丽，你别哭呀，我现在就去找你，你等着我啊。"冯果和村书记耿东几个人在村里巡视，接到了电话，匆匆和耿东他们打了个招呼，赶紧往家里去骑电瓶车。

冯果把电瓶车开成了摩托车，呼啸着往周丽那里的方向开，车轮碾轧在石子路上，发出"咔嗒""咔嗒"地剧烈的声音，不时地不断摇晃振动，像是在拆电瓶车一样。

建和村是在20分钟后到的，丢下电瓶车，冯果冲进了村委会周丽的宿舍，门关着，冯果轻轻地敲了下门："周丽，是我冯果，你开下门！"

打开的门，冯果冲了进去。

坐在椅子前的周丽，眼圈红红的，脸上显然是擦过的，已经看不见泪痕。冯果说："怎么了，是出什么事了吗？"周丽的眼睛停在了冯果脸上，缓缓地，把发生的事说了。

一个多小时前，周丽在村子里到处在转，看到村里的付金华在地里忙活，就主动走上前，说："付叔，在忙呢？"付金华说："哦，你是市里来的干部，那个叫？""周丽。""对，周丽，你们大概能支持我们多少钱？"周丽愣了下，说："什么钱？"付金华的脸冷了，说："什么钱你不知道吗？你们干部下来不给我们钱，那能给我们什么呢？特别像你一个姑娘，细胳膊细腿的，难道指望你给我们干活吗？不要活儿没干什么，人儿给累坏了，倒说我们的不是了！"付金华的脸上还带着不屑。周丽的火气一下就上来了，别看她平时娇滴滴柔嫩嫩的一个姑娘，也有一股不服输的劲儿。周丽说："姑娘，姑娘怎么啦，姑娘就一定比别人差吗？我们来农村一定是要给你们钱吗？我们带给你们的思想上扶贫，让你们得到认识，帮助你们尽快致富。""思想，思想算个屁呀！要没钱，没钱也就是个屁！"付金华连续说了两个屁，周丽的脸早已涨到通红，说："你，你……"眼圈瞬时就红了，眼泪噼里啪啦地一个劲儿往下掉。

冯果听着，脸上带着愤怒，手攥得紧紧地，说："不行，哪有这么说话的，我找他付金华去！"冯果知道付金华这人，十里八乡有名的，年轻时吊儿郎当，偷鸡摸狗的，老了老了，如同是个还债的命。有个儿子，儿子像爹，从小不好好读书，初中毕业考不上学，17岁就跑广东打工去了。隔一年带回来一个妖里妖气的女朋友，还生了个孙子。孙子生下来没半年，儿媳妇就跑了，儿子又去广东打工了。留下个半岁的孙子，跟着付金华夫妻俩过……

周丽拉住了冯果，说："不要去了吧！"

冯果坚持，说："不行，我不能让你受委屈，我一定要和他说个明白。"

周丽忽然笑了。

冯果纳闷了，说："你笑什么？"

周丽说："其实，我刚刚冷静下来，我也有点想明白了。我从大城市跑到这农村，到底是为了什么？像我和付金华说的，我要在思想上对他扶贫，正因为如此，如果说他思想上没有这样的问题，那我来干什么呢？所以再想想，付金华表达这样的想法，也是正常的。还有，如果我连这么点小挫折，小小委屈都受不了，那我还来农村干什么，我留在城市多好，多安逸呀！"

冯果看着周丽，有点不像往日的她，像全新的一个她。

冯果和周丽走出宿舍，外面的阳光徐徐地洒在两个人身上。不远处的一辆车徐徐地开进大院，停下来，宋安顺从车里下来，急急地说："周丽，你没事吧？"

冯果准备在村里搞一个农家乐，想法先和耿东做了沟通。屋子里，耿东有点犹豫，农家乐的说法早就有，但这里离城市那么远，能有人来吗？这位40多岁的男人，曾经在城市里打过几年工，后来还是回到了乡下。耿东说："开农家乐的问题在于，这农家乐怎么搞，谁来搞？就像这第一个下决心搞农家乐的人，你能找到吗？"冯果的脸红了，具体方案他都想过，来农家乐的那些城里人，可以先逛田野，钓个鱼，甚至可以安排几亩地让他们种地来体验生活。再到吃，吃地里新鲜采摘下的绿色蔬菜，吃土灶上烧煮出的农家菜，体会农家之乐。可这想法是都想好了，但具体到时能有多少人来，来了会不会满意，有没有回头客等等，都是难以预估，或者说，现在是不可预见的。

耿东颇有几分意味地看着冯果。

冯果被看得血气上扬，像是喝了几杯的酒，有点难以控制自己的情绪般，突然说了句："要不，从我家试点先搞起来，有成效了在全村范围内推广，你看可以吗？"

"好，我看行！"

耿东的脸上露出了笑，笑中似有几分狡黠。

冯果也是从房间里走出来，外面的凉风拂过脸庞，有些舒爽，也有些清醒了。冯果这才发现了问题所在，这一切是不是都落在耿东预设的话语中了，自己这也答应得太快了些吧？姑且不去讲这农家乐会搞成什么样，更在于这个事情，冯果从没有和父母说过，就在自家的楼房里搞这农家乐，他们，能同意吗？

凉风徐徐，冯果的额头上突然布满了汗。

这天晚饭，冯果小心地看着老冯和母亲。吃完饭，又很主动地从母亲手里抢过碗和抹布，说："我来洗，我来洗。"洗好碗，把桌子擦拭干净后，又把地板给仔细拖了一遍。一切完毕，冯果走到二楼父母的房间时，沙发上老冯和母亲安静地坐着，像早就知道他会进来，饶有兴致地看着他。

冯果自己忍不住笑了，说："爸，妈，你们俩什么情况哪？"

老冯也笑了，说："你就说实话吧，有什么事情，需要我和你妈配合你的？你是我们的儿子，从小把你养大，你心里有什么小九九，我们难道看不出来吗？"

冯果看了老冯，也看了母亲一眼，稍稍脑子里过了一遍，说："我是这么想的，我们家是楼房，对吧？楼上五间房，楼下五间房，加上我们边上自家搭的几间小屋，房间是足够多的。空着也是空着。还有我们家的屋后的一望无垠的田地，也挺好看的。我就在想，与其这样浪费着，倒不如试试做农家乐。我们楼上左侧的两间屋，房间都够大，可以各隔成两小间，外间住人，里间做卫生间及洗澡间。楼下左侧两间屋，也可以这样做隔间。大门口稍稍改建一下，做两个小花坛，院子里再放一二张石桌子，加几个石凳子，做个秋千，搭个葡萄藤葫芦藤啥的，有风的时候可以随风飘荡，有太阳的时候可以遮个阳……"

母亲说："我同意。"

冯果说："妈，我还没说完呢，你同意什么呀？"

老冯说："儿子，你放心大胆地去做，你做什么我们都支持你。隔房间，或是改建的事，你都不用操心，我们来做。儿子的工作我们不支持，那我们支持谁的工作呀！我和你妈不是村干部，不用考虑那么多的条条框框，但我们是你爸妈，是你最最坚强的后盾。你想怎么做，就放心大胆地去做！

"这些天，我和你妈也想通了，你既然想好了在农村发展，我们拦也拦不住，倒不如放手让你去干。有句话怎么说，既来之，则安之。还有句话说，兵来将挡，水来土掩。"

冯果说："爸，妈……"

莫名其妙地，冯果的眼睛里有些潮湿，这老头老太，啥时候变这么煽情了？

入住农家乐的第一批客人，是两家来自城市的家庭。一家四口人，一家三口人，两台车从城里直接开到了冯果家的门口，石子路磕磕碰碰地，与车轮之间，发出"嘭嘭嘭嘭"地摩擦声。车停下来，下来的年轻男车主微皱了眉，说："你们这里的路，实在太差了，我都不敢开得太快。对车胎的伤害也大。"

冯果连忙打着招呼，说："对，对，不好意思，我们正准备修呢！"

这两家人，是冯果在网上发布消息，又在多方沟通后，应约而来的。这一个多月，冯果全情投入，在门口安置好了两个花坛，将原本杂乱无章的杂草理了个干干净净，又种上了相对容易存活的几棵香樟树。院子里的几块菜地也都被翻掉，浇上了水泥，以让车子有更多停靠的地方。还定制了石桌子石凳子，整个楼房的外墙面也做了粉刷，屋内的布局动得更多，改建好的楼上的两间屋子，崭新的席梦思、沙发和卫浴设备，连冯果都想要住进去好好感受一下。

"你们这里，最大的特色是什么？"

一个年轻女人问。

冯果说："来农村嘛，当然是感受不同于城市的气息了。像现在这个5月的季节，首先，我会带你们去参观我们这里郁郁葱葱的田野，这片田野其实就在我们的屋后，我们住进屋子里，打开了窗也能看到。其次，在这片田野之外，我会带你们去看这里的河流，绝对绿色无任何污染的河流，你们可以在河边采摘芦叶，或是抓蟋蟀，再或是钓鱼，都没有任何问题。再就是你们可以品尝到美味又健康的农家菜，这些菜的烧煮方式不同于你们城市里的使用燃气，用的都是土灶，土灶的味道可以融入食材之中，让食物变得更加美味。更为重要的是，来到了这里你们可以切身呼吸到新鲜空气，就像你们现在，闭上眼睛感受一下，是不是真的不一样？"

冯果说着，闭上了眼睛。

那两对家庭，也都闭上了眼睛。有个七八岁的小男孩说："妈妈，我的鼻炎，我好像有一会没有打喷嚏流鼻涕水了。"小男孩有些兴奋，他身边的妈妈也笑了笑。

笑眯眯中，冯果看到了不远处的周丽，周丽怎么来了？冯果心里一阵兴奋，这好像也是周丽第一次来家里。冯果刚想和周丽打招呼，周丽朝他眨了眨眼睛，还打了个手势。冯果才恍然想起，哦，对，还有客人呢！

"你们可以跟我一起进屋，再上楼，楼上两间屋子，你们两家各一间。可以先上去洗个脸，稍微休息一下，半小时后，我再带你们出发……"

冯果悄悄地朝周丽招了招手，又引导着那两家人往楼上走，踢踢踏踏、大大小小的脚步声，像奏响了一曲美妙乐章。

直至冯果从楼上下来，眼睛扫了一眼，居然没看到周丽。周丽，她不会是走了吧？冯果刚刚涌上心头的兴奋和快乐，猛然间就掉了下来。

几单农家乐的活儿坐下来，冯果又去了趟县里。这次是上次那位县领导让人打电话，特意叫他去的。县领导在屋子里翻着材料，抬头看到了敲门进来的冯果，说："冯果？"冯果说："是的，领导好。"县领导说："上回是你冲进火场救人勇气可嘉，这次你又搞了个农家乐可圈可点，真是能文能武呀。"冯果有点汗颜，不知这位领导葫芦里卖的是个什么药，不知该怎么接。县领导起身，看着冯果，鼓励似地说："说说这次农家乐？"冯果一下有了勇气，就从开始的农家乐构想，到从网上的联络，到实地的接待等等，一一说了。说得很详细，也很具体。县领导听得也认真。说是公心也好，私心也罢，冯果好几次地提到了门口磕磕碰碰的石子路，从柏油路面的北沿公路到冯果村里大约1公里的石子路，对于日常村里人的出行多有不便，再像现在要做这个农家乐，未来会有更多的城里人开车过来，但这么一条路，会成为越来越大的一个问题。

县领导一直在听，没有做回应。冯果说了好一会，说得口干舌燥，有点没话说了，但县领导还是没有什么回应。冯果实在憋不住了，说："领导，这条路的问题……"县领导说："可以。"冯果说："什么？"冯果没有听懂，又愣愣地问了一句。县领导拍拍他的肩，说："小伙子，放心吧。"

冯果也是后来才知道的，村里的这条石子路，包括县里其他许多的村落道路，都已经被列入了全县的整修计划里。不久后，在轰隆轰隆地车子和工人进驻，小石子路被翻起，先做地坪的平整，绑上粗壮的钢筋，撒上坚硬的大石子，浇筑上高比例的水泥……一条崭新又坚实的水泥路很快就呈现出来了。

在冯果忙着搞农家乐，关注修路问题的时候，周丽也没闲着。在村里的橘子树上，那些结成的碧绿的小小橘子刚如弹珠大小时，就跑回了城市里，去找了一家家大型的水果批发公司去谈。在谈出一些眉目后，又主动要求召开了村委会。

村委会的一间会议室里，齐刷刷地坐着七八个人。

村书记严松的脸黑黑的，是太阳晒多了，还是酱油喝多了，自看到他本人，即一直是如此。周丽说："严书记，各位，给大家做个汇报，我已经找好了几家水果批发公司，价格我也初步谈妥了，同时我也在想，我们这里每家每户都种了四五棵橘子树，甚至更多，据说每到橘子挂枝的季节，红红的橘子诱人地挂在枝头，也没人去采摘。为什么没有呢？因为家家户户都有橘子，送人也送不掉，自己家又吃不掉，就这么烂在树上。其实，这样也浪费呀，而且这种真正绿色健康的水果，城市人想吃还吃不上。与其这样，我们打通了这个可销售的通道，把橘子卖出去，这也是增加收入的一种呀。"

周丽的话儿说完了，会议室里，有一会儿的沉寂，大家的眼神都不约而同地看向了村书记严松。

严松点了点头，说："这样，我来讲两句。周丽的这个思路不错，我赞同。与其浪费，不如卖出去。看看，你们谁可以配合一下周丽的工作？"

下面的几个人，你看看我，我看看你，都没有说话。

严松为难地说："周丽，你看——"

周丽笑笑，说："没关系，严书记，这事，我一个人就可以。"

"那辛苦你了，周丽。"严松嘴角微微勾起一丝笑，有点不经意地，稍纵即逝。

在冯果所在的永安村的水泥路陆续浇筑完成后，路面高了，也在原来基础上拓宽了，当然，也更坚实了。走在这坚实的水泥路上，别提有多踏实了。

冯果的农家乐生意，已经迎来了一个井喷期。楼下两间房，楼下三间房，已经好几次都同时订满了。好几个邻居都主动和冯果商量，能不能一起搞？高高大大的马明阳早就心痒痒了，马上说："先从我们家开始好了，我抓紧照你们这里的样式进行改建和装修。"农家乐的收益确实也高于预期，冯果的母亲嘴快，一家客人一次消费大概多少钱，她猛不丁地就说出去了。其实她说给听的也就三四个人。没几天，几乎全村人都知道了，这赚钱也太容易了吧？

这天下午，村书记耿东特意把冯果给"请"到了村委会，说是"请"，是冯果感受到耿东不同于往常的客气口吻。以往，耿东打电话，说："冯果，你来一下村委，我们开个会。"现在，耿东说："冯果，这会儿有时间吗？来一下村委吧，我等你。"

冯果到村委会时，耿东已经坐着了。一间屋两张椅子，耿东看到冯果，破天荒地还站了起来，说："来了？"冯果说："耿主任，有什么事吗？"耿东说："听说这几个月的农家乐，经济效益还不错？"冯果说："对，好几次房间都订满了，有点供不应求。"耿东沉吟了片刻，试探性地说："有没有想过，让村里其他人一起做？"冯果笑眯眯地说："没问题呀，有几家已经在装修了，到时装修后的味道散得差不多，就可以安排接农家乐的客人了。""对了，前面我不同意你广泛地去做，并且让你先做试点，其实也是为了你考虑，你明白吗？"像是解释，也像是掩饰，耿东又补充了一句，"现在让更多的村里人加入，也是感觉差不多到这个时候了。"冯果说："没问题，我都明白。"耿东脸上也有了笑。

冯果从村里走回家里，母亲刚好在院子里。刚刚送走一批客人，母亲把房间里用过的被褥从楼上拿了下来，放进了楼下的一间储物间里，稍后统一做清洗。马上，又有新的一家人会过来。

像是无意，母亲朝冯果眨了眨眼睛，说："你同意了？"

冯果一愣，说："同意什么？"

母亲说："当然是刚刚耿主任问你，咱村其他人是否可以一起搞农家乐的事啊？说实话，这农家乐只是我们家来做，钱咱们

光阴的故事

是赚到了，但我们也是累也累到了。"

说着，母亲还有那么点高深莫测地一笑。

这下，冯果似乎看出了一些端倪。不远处走来的老冯也笑着解释，说："你可别怪你妈说累，有钱赚累怕什么呢！你妈呀，她这是在支持你工作呢，她为什么要对外说能赚到多少钱，也是在为你做广告，让大家一起参与进来，这样也可以更好地配合你工作。再说了，你想想你妈，她会这么容易累吗？你妈以前每天骑一个多小时自行车到外面干一天活都没说过累……"

母亲瞪了老冯一眼，说："就你聪明，你以为咱儿子看不出来吗？"

老冯也不还嘴，呵呵呵地乐。

冯果也乐了，为有这么好的一对爸妈。

这一天，冯果摘下了眼镜，坐在院子里的椅子上，盘算着农家乐已经初具规模，下一步的打算和目标。模模糊糊的眼前，一个美丽的女子由远至近，笑吟吟地到了面前，冯果刚反应过来，这不是周丽嘛！冯果噌地一下就站了起来，就看到母亲不知怎么地像截住了周丽。周丽清脆的声音，说："阿姨好。"母亲说："哦，我见过你，你是冯果的大学同学，你，你叫——"母亲一时之间没想起来。周丽说："我叫周丽，阿姨。"母亲说："对，对，你叫周丽，冯果常在我和他爸面前提到你的名字。""妈，我什么时候给你提起过啊？"冯果大声说，说过之后不由拍了自己一个脑袋。周丽的脸已经红了两边。不过，脸红的周丽比起往常的她，更显得美丽了。冯果痴痴地看，看得都有点收不住自己的眼睛了。母亲说："这你孩子，话题就是这么给你聊断的吗？"几个人呵呵呵地笑了起来。

进到屋子里，冯果给周丽倒了杯茶水，说："尝尝我这边的好茶吧，碧螺春。我刚从网上买的。"又说，"你怎么过来了？"

周丽说："你从来没在你妈面前提起我吗？"冯果说："哦，有吗？哦，当然了。"冯果的眼神有点闪烁其词。周丽说："什么有啊当然啥的，到底是有还是没有？"冯果说："有，一定有。"周丽说："那你说我什么了？"周丽饶有兴致地表情。冯果说："我，我说你特别漂亮，也特别有上进心，和，和别的女孩子不一样，你……"周丽笑眯眯地说："编，你好好地给我编，看我会不会信你的鬼话！"冯果说："是真的嘛。"冯果说着说着，自己不由自主地笑出了声。周丽转了个话题，说："不开玩笑，我们说回正题，听说你们现在的农家乐办得挺有特色，影响力很大，来这里的人也越来越多了。"冯果说："你是不是想说，希望来我们农家乐的人，也可以去你们村转转，感受一下更多方面的农村？"周丽说："差不多就是这个意思吧，那些来农家乐的人，第一次来感觉很新鲜，第二次、第三次来，他们就对新的东西有需求了。比如说，到我们建和村来走走看看，吃个饭，饭后再采摘点橘子啥的……"周丽说得头头是道，又说，"再或者，也可以到宋安顺的向明村，宋安顺说他们村的河浜里鱼特别多，可以钓鱼，他还搞了个烧烤基地，设备都有，直接拿东西烤就可以了……"

周丽没注意到，冯果的脸，像被冷冻的一只虾。这只虾是从提到宋安顺和他的那个村开始冻起的。

谁也没料到，这个永安村—建和村—向明村，三村一体的农家乐，这条生活、休闲、旅游全产业链取得了出乎意料的成效。好多入住建和村农家乐的城市人，在入住后，又驱车到永安村采摘橘子，赏周边景色，又去向明村钓鱼、烧烤，一台台的车行驶在坚实又宽阔的水泥路上，往来于三个村之间，早已没有了往日的车开得磕磕碰碰和扬起的一层层的泥灰。

那个第一次来农家乐提石子路意见的男人，姓赵。这位赵先生来了两天了，在这里也转了两天了，开着车子从向明村回来，刚下车就对着冯果竖起了大拇指，说："不错不错，小伙子。"

冯果呵呵笑着，说："谢谢赵先生，是有什么让你感到满意的吗？"

这位赵先生说："当然了，首先是这条马路，我记得第一次我们来，那石子路磕磕碰碰地都触碰到我车子的底盘了，这可把我心疼的。我都有点打退堂鼓想直接倒车回去了。这次来，也就一年不到的时间，这里的变化太大了，不说这宽阔又坚实的水泥马路，车子开在上面太舒坦了。还有这里的采摘水果，钓鱼，烧烤，真的是太棒太棒了！这次我回去，一定帮你们做做宣传，让熟悉的朋友也来这里转转玩玩。"

冯果脸上微笑，说："谢谢，谢谢啦，你们满意就好。"

目送着赵先生一家人上了楼，冯果不由从身上掏出了手机，拿出来又放了进去。这已经是有几天没有和周丽联系了，前几天，因为周丽电话里夸宋安顺的钓鱼、烧烤几个项目搞得好，连着说了好几分钟，惹得冯果很不高兴。也是一时冲动，冯果说了句："好好好，宋安顺什么都好！你干脆一起落户到他那里算了！……"

直到冯丽挂掉了电话，冯果才有那么点儿的醒悟，还有那么点儿的后悔，自己这是怎么了？是不是小肚鸡肠了？宋安顺确实是做得不错，作为一个毫不熟悉农村的人，却能为农村做那么多实事，殊为难得。自己应该超越他，而不是嫉妒他。

要不要给周丽道个歉，冯果还是下不了这个决心。自己错了吗？是不是，真的错了？

屋子里，冯果在看着手机。没有打开的手机还黑着屏，像是没亮过，或是亮过却已经暗淡了。

手机在突然振动，屏幕跟随亮起的同时，跳起了一条微信：我在宋安顺的村看他们钓鱼，你来不来？冯果赶紧拿起手机，回复：来！

冯果骑着电瓶车快速地冲出院子时，差点和从外面进来的母亲撞上了。母亲吓了一跳，说："你干什么呢这么猴急！"冯果说："哦，哦……"冯果来不及说什么，其实也不知说什么，匆匆忙忙的车子就上了水泥路。冯果将车速拉到了最高的档位，火箭似的向村的方向冲去。

母亲看着冯果越走越远的背影，不由得摇了摇头，又由衷地笑了笑。

尽管车速飞快，冯果心里头还觉得不够，恨不得再快，更快一些。冯果的眼前不由得跳出宋安顺和周丽站在一起的景象，河边的风轻轻吹着，宋安顺说了什么，周丽就笑了，笑起来特别的美。冯果刚恍惚了一下，就看到不远处推着拖车缓缓往前走的一个男人，想停下已然不及，冲过去路又窄了。来不及想什么，冯果骑着电瓶车呼啸着就一头冲进了旁边的河浜里。

这事，后来周丽还问冯果："是不是有点小飞侠的味道？"

冯果瞪了周丽一眼，说："要不，你试试？"

周丽扑哧一下就笑了。

不知不觉地，这两年时间就一晃而过，冯果心里有点忐忑不安，随着时间的推移，这种忐忑的心情越加明晰。周丽，她是会留下，还是会离开？离开的天空更加广阔，有了这个在农村工作的履历，周丽回到城市里一定可以更加的如鱼得水，城市，原本就是周丽生活了那么多年的城市。

冯果给周丽打过几次电话。周丽似乎很忙，没讲几句话，就说："我要忙了，要不，就这样？"冯果说："好……"电话就挂了。

冯果去了趟向明村。

向明村有宋安顺。

冯果在村委会见到了宋安顺，宋安顺看到冯果的到来，似乎早有预料，从位子上起身，笑笑，说："来了？"冯果说："对。"又说，"有时间吗？聊聊？"宋安顺说："没问题，聊聊吧。"在旁侧的一间会议室里，两个人面对面坐下来。宋安顺从口袋里掏出了一包香烟，抽出一根给冯果，冯果摇摇头，说："谢谢，我不抽。"又说，"你抽吧。"老冯好不容易戒掉了香烟，冯果不想让老冯再有烟瘾，也毅然与抽烟说了再见。宋安顺也不客气，抽出了一支烟，点上火，烟雾徐徐地升起，像一团慢慢堆起的云雾。云雾中，冯果说："下一步，有什么打算吗？我看你干得不错，大家也都对你挺认可的。"宋安顺说："还没想好，农村是个好地方，我也喜欢这里。"冯果说："你，会留下吗？"宋安顺说："也许吧。"宋安顺吸了一口烟，烟雾轻轻地吐出，他的脸罩在烟雾中，有点腾云驾雾的味道。

冯果走出向明村，还是有点摸不着北。

伟大领袖毛泽东同志说过："知己知彼，方能百战不殆！"可这次的摸索，还是没排摸出什么名堂来。冯果一直把宋安顺当作最大的对手，这从宋安顺不遗余力地跟随周丽一起来到农村，也可见宋安顺追求周丽的信心和决心了。接下去怎么样？冯果有点迷茫了。

村书记耿东的电话是突如其来打来的，说："冯果，你在哪里？赶紧来趟村委会吧！"冯果说："好，我马上到。"放下电话，冯果已经不想那么多了，心急火燎地就往村委会而去。

村委会的那间会议室里，很奇怪，除了村委会的几个人外，老冯和母亲也都在，冯果走进去时，有那么几分的诧异，用眼神在探寻：你们怎么也在？母亲没什么表情，倒是老冯，朝冯果眨了眨眼，像是有什么意味。

人都齐了，坐在上首的耿东一口当地的口音，将过去一年村里的财政情况大致做了个表述，也讲到了大家的积极性，还重申了上周，又有两个在城里打工的人主动回来了，也想要加入农家乐的队伍。耿东说："不得不说，咱村现在形势这么好，离不开冯果的努力和支持，眼下，也因为农家乐，大家的收入都有了显著提高。当然，从我做书记来说，我是非常乐于看到这样一个局面，也希望能保持这么好的局面。眼看着，这一晃就过了两年，不知道冯果你是怎么想的？"又看了眼冯果，"今天这个会，我特意把你爸妈一起请来，刚好也一起听听你的想法。"

冯果的眼睛从耿东身上，不由又到了老冯和母亲的身上，心里暗暗嘀咕：耿东不愧是年纪大些，这算盘看起来打得也精嘛。

冯果没说话。

老冯和母亲也没有说话。

一时之间，倒有那么几分的冷场。

这一天，阳光似昨天的阳光，前天的阳光，又似乎和以前的阳光有些不一样。冯果坐上了车，又下了车，走在马路上的脚步，比起两年前，比起更久以前，似乎有那么几分的不一样。记不得从哪一天起，冯果发觉自己的脚步有变化了，是自信了，是多想法了，心里也有底气了。这是不是也在预示着自己，是在走向成熟呢？

在县委大院的楼下，冯果接到了宋安顺的电话。宋安顺说："冯果，我想了想，我还是要回去了。"然后，电话就挂了。宋安顺没有问冯果是不是留下，这个电话，像是只为了告知一下，两个彼此角力了两年的对手，这个时候算是决出了胜负吗？是谁赢了，是谁又输了？冯果心里头有太多的疑问没有说出口。

那个县委领导笑眯眯地坐在冯果面前。冯果刚想说什么，县委领导递给他一份厚厚的方案，说："你看看，提点意见。"冯果打开了看，一看差点就惊呆了，这份方案由浅入深地将三村一体的农家乐及其配套做了详细的解读与拓展，并在这基础上，从三个村延伸到所在镇的其他几十个村，甚至还扩展到全县的其他镇。这里面不仅讲到了原来的农家乐、钓鱼，烧烤等等，还大胆地讲到了果园、休闲绿地、游乐场所、体育场、咖啡馆、茶室等等的建设，还阐述说新农村不仅仅是体现出农村的风貌，也可适度引入城市的元素，要两项有机的有选择性的结合，如此一来，就可以满足更多不同需求不同感触的各类旅游人群的到来……

冯果拿着这份厚厚的方案，有点放不下了。有一会，县委领导说："想知道这是谁写的吗？"冯果说："想。"县委领导说："你先去705会议室，我稍后就到。"冯果去了那里。会议室里，坐着一个人，正埋头改材料。这个人，冯果特别熟悉。是周丽。抬起头的周丽，看到了冯果，一阵诧异。周丽说："你怎么来了？"冯果说："这个方案，是你做的？"冯果指了指手上的那份厚厚的方案。周丽点点头，说："是的，我想了好久，也琢磨了好久，这段时间我整理了一些，但是还不完善，可能还要添加或者修改一些东西。"冯果点点头，说："你这方案做得好呢！"又说，"那你是决定，要继续留在农村了吗？"后半句话，冯果是下了很大的决心，或者说是很大的勇气才说出来的。周丽倒是笑了，说："宋安顺做了逃兵，你有没有信心，陪我一起留下来战斗？"

冯果心里一阵说不出的欣喜，刚要说什么，就听见门口一个声音，"谁要陪我外甥女一起战斗呀！"这是一个熟悉的声音，伴随进来的是县委领导的那张笑眯眯的脸。

"舅舅——"冯丽原本自然的脸噌地一下就红了。

在冯果疑惑的脸看向县委领导时，县委领导倒是挺自然地笑笑，说："别忘了，咱城市人也都是农民出身，农村是我们国家的根本，农民也是我们国家的根本。我们随便哪一个人，都不能忘本。"

那一天，就在老冯，母亲，还要耿东的面前，冯果还是表态了，说："放心吧，我会留下来，这里是我的家乡，我一定要努力把他建设好，小时候的小梦想，是离开农村，能有个光明的前途。而我现在的大梦想，就是我要在这里，让新农村有个更加广阔的天空……"

伴随着的，是会议室里响起的连绵的掌声。

走在过道里，冯果给母亲打了个电话，说："晚上多烧几个菜吧，有客人来。"母亲说："什么客人？"冯果说："到时候你就知道了。"

冯果喜滋滋地朝身后望了一眼。

窗外，阳光还在头顶高高地挂着，照亮了整个天地。很温暖。像冯果昨日的小梦想，今天的大梦想，正在缓缓地往前推进。

发表于《鄂尔多斯》2021 年 10 期

◀ 精美的石头

　　石头是块好石头，精美，别致，还泛着淡淡的光。石头摆在灰灰的橱上已经好久了。石头是儿子去河滩边捡的，那边有许多的石头。儿子那些石头都没捡，偏偏就捡了这块石头。这块小小的石头摆在桌上，儿子说，好看。男人也说，好看。男人在城里打工，已经有日子没回来了。男人说，乡下什么都没有，就只有石头。男人说，城里累是累了点，但有钱赚啊。男人还说，儿子要上学，家里要砌新房，全都指着在城里赚钱了！

　　儿子9岁了，蹦蹦跳跳地在院里院外跑来跑去。女人喊儿子，回来！儿子蹦蹦跳跳地回来了。儿子的衣衫，破破烂烂地，是从男人的衣衫改过来的。有时，还从女人的裤子改过来，女人红红的裤子，做成儿子红红的裤子，特别的怪异。儿子是该上学了。儿子已经到了上学的年龄了。儿子刚进到屋里，在女人身旁坐下，就听到了陌生的声音，从院子外传进来，渐渐地，声音更近了。

　　女人走出去时，稍稍愣了一下。是一对陌生的年轻男女，男的戴一副宽边眼镜，皮肤白白的。女的长长的又黑又亮的头发，一笑，脸上就绽出了两枚浅浅的酒窝，皮肤也白白的。女的说，大姐，我姓陈，他姓赵，我们是从城里来的大学生，来这里郊游，路过你这里口有些渴了，能问你要碗水喝吗？女人有一会没说话。女人一个劲地在端详着他们俩，虽说村里时常有外人来，但真正和他们这么近距离地站在一起，对女人来说，还是第一次呢。

女人还在端详的时候，听到了身后儿子的声音，黑黑脸蛋的儿子，倒着满满的一碗清水，唯恐怕手上的水泼出来，一步步，小心翼翼地走出来。那一对年轻大学生，惊讶地把眼瞪得大大的，这是个多么懂事的孩子啊！赵大学生从孩子手里接过了碗，递给陈大学生喝。赵大学生说，小朋友，谢谢你啊。陈大学生喝了口水，说，真甜！陈大学生把碗又递回了赵大学生。赵大学生也喝了一口，一个劲地点头，说，嗯，真好喝，怪不得说这山里的水好喝呢！他们喝完了水，想起了什么，陈大学生从口袋里掏出了几颗糖果，给孩子，说，这糖可好吃了。孩子没马上拿，眼睛看向女人。直到女人点了点头，孩子才接过了糖果，也没马上吃，一下子就塞进了口袋里。这倒让年轻男女又是一愣。赵大学生又说，小朋友，你上学了吗？现在读几年级啦。孩子摇摇头，一口听起来拗口的当地话，没有。这下，年轻男女又愣住了，怎么还没上学呢？

直到年轻男女进了屋，屋里黑乎乎的，只有屋后的一扇窗，有淡淡的光照进来，也是破了半块玻璃的。窗也小，屋也就显得黑了。在走进去时，陈大学生似乎停顿了一下，手还轻轻抖动了一下。陈大学生还是随着赵大学生一起走了进去。看得出来，年轻男女很喜欢孩子，孩子倒也是很机灵，还给他们端了张长长的椅子，让他们坐。孩子虽然说起话来，有点听不大懂。但能看出来，孩子也在努力地，想让他们能够听懂。女人坐在一旁，倒是没怎么说话，只是看着他们在说话。女人在想男人，男人在城里有好几年了，她就是纳闷，男人每次回来都黑乎乎地，脸是黑的，身子也是黑的，还黑到了油光发亮。男人还给女人解释，说，你不知道吗？城市里的太阳热辣辣的，比我们乡下的还烫人呢？！女人闹不明白，这么烫人的城市，他们俩怎么就这么白的呢？

在说话的间隙，像是不经意地，赵大学生看到了橱上，那块泛着淡淡的光的石头。赵大学生眼神在上面停留了好几秒，慢慢才放了下来。女人是看到了这一幕。当然，女人还是没吭声。放下眼神的赵大学生，似乎又瞅了孩子一眼，还瞅了身旁的陈大学生一眼。赵大学生说，你们这块石头，很别致啊。赵大学生说的，就是那块精美的石头。孩子是嘴快的。孩子说，那，那是我河滩边捡回来的。赵大学生点点头，朝孩子笑了笑。赵大学生站起身来，更进一步地朝着石头看，边看边说，好，好。孩子探起了头，说，叔叔，要不我拿给你看看？孩子搬了张扁扁的木质凳子，很灵巧地站了上去，又很灵巧地把那块石头放在了赵大学生手上。女人在那一刻，没来得及阻止。赵大学生拿过这块石头，赞许地朝孩子点了点头。赵大学生摸索着石头，有好几秒。赵大学生把石头放回了屋内的桌子上，桌子用了有些年，已经有了很大的缝隙。那也是贫困的缝隙。本来，男人说过，等今年赚了钱，他就给家里换张崭新的桌子。赵大学生眼神从孩子的身上，跳到了女人身上，说，阿姨，你这块石头，可以卖给我吗？我喜欢这块石头。有点意料之中的。女人想，赵大学生这么认真地看这块石头，必有缘故。女人说，你能出多少钱？赵大学生说，两千。赵大学生没有犹豫，直接报出了这个数字。女人脑子里像是炸了一下，她是被惊到了。女人原本是想，赵大学生会说，一百，或是二百。一百二百，已经是不少钱了。够他们在乡下一个月的生活费了。现在，赵大学生报了个两千。两千，男人在城里至少要干一个月的工资！桌上摆着的精美的石头，还泛着淡淡的光。女人摇摇头，说，不卖！太便宜了！这对年轻男女，显然也被惊到了。

这对年轻男女，是在第二天早上，又出现在了院子门口。孩子蹦蹦跳跳地站在那里，穿着那条并不协调的红裤子，像是一抹红色的风景线。孩子看到了年轻男女，响亮地叫了声，哥哥，姐姐。孩子叫的尾音有些长，还有那么一点的模糊方言。

年轻男女跟着孩子，就进了院子。院子里，坐着女人。女人在晒着太阳，阳光暖暖地，照在她的头上，身上，还有腿上。女人的腿有风湿病，和这里潮湿的气候多少有点关系，多晒晒阳光，是有好处的。女人看到了年轻男女，没说话。陈大学生先自走近了女人，脸上带着笑，声音也是柔柔地，说，阿姨，你看，我们也就是大学生，还没上班赚钱，那块石头，我们出三千块钱买，好不好？女人的眼神是平静的，心里早就是波涛汹涌了。三千块钱？为什么他们会出三千块钱呢？城里人那么精明，怎么可能做亏本生意呢？唯一的解释，那就是这石头远远超过这个价格。女人说，不卖，不卖！陈大学生似讨好般地，说，大姐，你就卖给我们吧！女人摇摇头，这回，她都懒得吭声了。年轻男女站在那里，似乎还朝屋里看了一眼。女人心里是得意的，想，你们要看就看吧。在昨天，年轻男女看过之后，女人就把石头给藏了起来。女人看着年轻男女探头看的样子，嘴角张开着，差点都笑出了声。年轻男女站在那里，略有几分尴尬地，院子里还有孩子，孩子活蹦乱跳地，转着圈儿，像在打招呼，也像在表演。年轻男女笑呵呵地，看着孩子，眼中带着暖意。

年轻男女又来了一次，是在一天上午。这次，像是下了很大决心般，赵大学生把价格提到了五千块。女人还是摇头。女人想，你们就是开出 5 万，我也不卖。痛心疾首般地，赵大学生最后说，大姐，你就卖给我们吧！我们待会儿就要走了。陈大学生也说，大姐，我们身上也就带这么多钱，若有多的，我就多给你了。女人还是不松口。年轻男女已经完全无望了，临离开时，看着眼巴巴站在门口的孩子。陈大学生还从身上拿出了一包糖果，硬是塞在了孩子手上。陈大学生说，这糖可甜了。陈大学生脸上带着笑。在年轻男女离开后，女人心里已经是乐坏了。昨天晚上，女人在睡觉的时候，像是茅塞顿开般想到的。听老辈人讲，这里好像是河姆渡氏族的发源地之一，说有好几千几万年的历史了。儿子捡到的那块石头，指不定是哪个年代过来的呢。那这石头的价值，就是无可限量的啊！女人甚至还想到，河滩边，是不是还有更多这样的石头。那岂不是要发财了？男人去城里打工，看来真是打错了，家里有这值钱的东西，居然不好好利用起来。女人从藏起的箱子里，翻出了那块精美的石头。女人看着石头，就看到了自己的屋，自己盖得高高的新屋。盖两层，不，足够可以盖三层、四层了！

男人是在一个晚上回到家的。男人听到了女人的话，却是半信半疑地，说，这，可能吗？我怎么从没听人说起过呢？女人说，怎么不可能呢？你在城市里累死累活地干，你说能干出个多少钱？你看看这块石头，多精美，多别致，你以为这些城里人是傻的啊！男人说，这，我想想还是不大可能。女人说，你赶紧给我回来吧！男人虽说在外面赚钱，还是听女人话的。男人请了个假，心急火燎地白天黑夜地赶回来。男人在家里睡了一个晚上。前一晚，女人已经把儿子送到了妈妈那里。女人说，儿子，乖，马上我们家要发财了！儿子看着女人，一脸懵懂。第二天早上，女人拉着男人，就往外面跑。男人说，去哪里？女人说，你傻呀！当然是去省城了！

男人女人辗转坐车，一路奔到了省城。再一路到处打听，打听哪里可以鉴定。女人怀里裹着那块石头，真像裹着个传世珍宝。女人裹得紧紧地，严严实实地，唯恐被磕了碰了。男人女人像一对刘姥姥，走进了省城这么一个陌生的大观园。女人还是第一次来到省城，看什么都是新鲜的，干净的马路，数不完的人和车，还有那些高耸入云的楼。女人站在了一幢高楼底下，有些害怕这楼会倒下来，脸上写着慌张。男人拍了拍女人，说，你怎么了？女人说，哦，没事，没事。男人女人问了许多人，也走了许多的冤枉路，终于来到了省城的一家鉴定中心。一个大办公室里，一个年轻漂亮的姑娘接待了他们，说，鉴定是要钱的，先付费吧。

男人还没说话，女人说，行，等卖了钱，我们一定给！姑娘很职业性地摇摇头，说，不行，要先给了才能鉴定，不能事后付款。男人女人咬咬牙，交了钱。另一间鉴定室里，一个头发略有些白的高个男人，站在他们面前，看着女人，从怀里拿出了包裹得严严实实地那块石头。高个男人轻轻拿起石头，看了没一会，说，不值钱，就是块普通的石头。男人女人愣住了。女人说，怎么可能呢？你一定是看错了。高个男人笑了，说，我看了几十年，不会有错的。这块石头，真的就是块普通的石头。

男人女人又跑了好几家鉴定中心。结果是一致的：毫无疑问，这真的是块普通的石头。女人快要疯了。女人闹不懂，怎么这石头会不值钱呢？不值钱，人家年轻男女大学生干嘛要出那么多钱呢！女人在嘴里不断地念叨着，说，这不可能啊，这怎么可能呢？在回乡的车上，在转车的间隙，还有，在临到村口的泥路上。男人眼中是愤怒的。且不说，这几天不干活少赚了多少钱，光花的钱，就让男人白干了多少天的活儿！

离家越来越近了，仿佛已经能看到自家破落的院子，看到同样破落的屋子，走路已经有些恍惚的女人，突然被绊了一下，人在向前扑倒的同时，怀里的那块石头也飞了出去。无巧不巧地，撞在了一块路边的大石头上，发出"砰"的闷闷的声音，那块精美的石头瞬时就破成了几块残缺的石块，与其他碎开的石头，是完全一致的。

女人已经从地上爬了起来，似乎也忘记了疼，愣愣地看着那几块破碎的石块。男人没有看那几块破碎的石头。男人一直在看女人，像在看一块傻傻的石块。有夕阳照过来，照在女人的身上，也照出了一身的苍白与颓废。

发表于《连云港文学》2018 年 9 期

◀ 光阴的故事

　　父亲的酒量不好。酒量不好的父亲却尤其喜欢喝酒，这一点，让游勇常常深感不安。在常年离开故乡的日子里，游勇除了担心父亲的喝酒，就是母亲的身体。母亲的身体一直不好，像永远缺乏营养般的羸弱不堪。尽管游勇时常会给母亲买些高昂的营养品寄回来，母亲笑成一座沟壑的脸颊之间，却又不由责怪地说，别乱花钱，钱花在我身上不值当，我这身子骨看起来弱，其实好着呢，你要多留些钱，把叶娜娶回家！

　　叶娜是游勇的女朋友，也是他一眼看中的姑娘。在那次热热闹闹又隆重的公司年会上，美丽的叶娜像一朵盛开的花儿，在游勇的眼前飘来飘去。游勇问同事，这是谁？同事说，这是咱公司的一枝花儿，你这都不知道，孤陋寡闻了吧？游勇就不好意思地笑笑。在年会的间隙，游勇鼓足勇气冲到了叶娜的面前，说，你好叶娜，我是游勇。叶娜愣了一下，说，游勇？游勇说，对。又说，能请你帮我一个忙吗？什么忙？叶娜说。我，我能请你假装我女朋友,陪我回一趟老家吗?我可以给你支付费用。游勇是吧?你这是一个说起来有几分老掉牙的主意了。叶娜说,对不起,我帮不了你,我有男朋友了,而且,难道你不觉得我是不可能答应你这样的要求吗?

脸涨通红的游勇不好意思地说,对不起,其实,我也是实在没办法。游勇把几分钟前,母亲打来电话,让他过年回去相亲的事情给说了一通,游勇还苦笑说,我妈说让我务必回去,年初一年初二年初三各相亲一个姑娘,好不好就这三选一了……叶娜听至此,不由扑哧一笑,说,这是生生的拉郎配呀!游勇说,可不是嘛,所以,我这也是没办法,与其选择一个不喜欢的女孩,那肯定要选择自己喜欢的,对吧?

游勇的勇敢迈出,并没换来叶娜陪他一起回家的美好愿望,唯一的,看似微小,却又算有较大突破的,是叶娜主动和游勇加了微信。在回程的火车上,游勇好多次打开与叶娜的聊天对话框,又很快关闭了,说什么呢?还真不知道该说什么,直到游勇字斟句酌精挑细选费尽脑汁好不容易打下了几个字:新年好,叶娜。叶娜几乎秒回:新年好。同样是三个字,但这足以让游勇欣喜若狂到几乎要从火车上跳起来,或者是他想要告诉全车厢的人,叶娜给他回复信息了,给他回复了:新年好……

这个故乡的新年餐桌上,游勇向父亲母亲说起了这个他刚认识的叫叶娜的美丽姑娘,也第一次鼓起勇气拒绝了他们年初一至年初三的相亲安排,说,爸,妈,我只想让叶娜做我的女朋友,做我的老婆,别的姑娘我都不会选的。母亲看着坚持中的儿子,竟如此开明地同意了儿子的决定，说，没问题，那三个姑娘家里，我来替你去说。父亲听得瞠目结舌，前一晚，儿子还在路上时，这个做母亲的还在给他做最后的思想工作：儿子的年纪老大不小了，可不能再拖了，这一次你一定要和我统一战线，不管儿子说什么，都要让他去相亲，就是绑也要把他绑过去，知道吗？还有，你不要再喝酒了，在没有完全地说服儿子之前，知道吗？不然你一喝酒，就迷迷糊糊地又不知道去哪个西天取经去了……

看眼前的"战事"虽然背离了初衷，但多少也有了个比较圆满的收尾，父亲"吭哧"吭哧"地掏出了一瓶酒，说了句，我可以喝酒了吗？话是对着游勇说的，眼神却又瞟向了母亲。母亲不经意地点了下头，说，喝吧，但还是要少喝点，今天是小年，可不要一醉又跨过了一年。游勇轻轻地笑了笑，对父亲母亲的对话，他早就了然，不然怎么说是他们俩的亲儿子呢！在屋里热热闹闹的同时，屋外已经不期然地飘起了雪，雪花像一片片羽毛在空中飞舞，别提有多漂亮了。

这些，都是多年前的一段匆匆光阴。

幸得人间美好事。后一年的春节，叶娜还真陪游勇回到了故乡。当然，叶娜并不是假装做游勇的女朋友，而是真的女朋友。在热热闹闹的房间里，全家人把叶娜当贵宾一样招待着，把最好的菜摆在她面前，把刚上的热气腾腾的菜摆在她面前，叶娜红扑扑的脸蛋在暖人的灯光下散发着美丽又知性的光芒。叶娜说，叔叔阿姨，你们不要这么客气的，你们也吃呀，别总顾着给我吃啊。又不由嗔怪地对游勇说，你也吃啊，你是像把我吃撑还是吃胖啊……游勇哈哈大笑说，对，对，大家一起吃，可别把你们的儿媳妇给吃胖了。叶娜低声朝他瞪眼说，谁答应做你媳妇了……

杯酒之间，游勇想起了有一年的趣事，不由说出来助个兴，说，那一年哪，我大概七八岁的光景，也是这过年前的一天，我妈早早做好了一桌子的年夜饭，寻思着这转眼之间，我爸去哪了呢？我玩了一下午，真的也饿了，央着我妈什么时候可以开饭了呀！我妈说，等你爸呢，你爸人呢？要不你寻一下去。我说，好嘞。我迫不及待地跑出屋，屋外已经下了几天的雪，雪地里早已白雪皑皑一大片了。听妈说，爸是几个小时前去桥头的供销社买酒，但这买酒也不需要花这么长时间吧。我就顺着往供销社方向的路一直向前，兴许是大家都在家里过年了，路上也看不到一个人。因为下过雪，这路已经看不真切了，眼睛里看到的都是白茫茫。地上还有些滑，几次我都差点被滑倒。我嘴巴里嘟囔着，我爸这到底是个什么情况啊！在路过一个稻草垛的时候，无巧不巧地一阵打鼾声吓了我一大跳，这是谁呀，大过年的不回家睡觉躲这里睡了！不会是回不了家的流浪汉吧！待我鼓足勇气走近一看，又吓了我一大跳，竟然是我爸！我爸抱着个大酒瓶，人舒舒服服地靠在稻草垛的最里头，睡得正香呢，嘴角还有口水流出来，就是那个抱着酒瓶的手呀，我怎么拽也拽不开，像牢牢地生了根……

母亲笑呵呵地说游勇，你这孩子，只知道你爸贪酒，但你不知道你爸有多辛苦，在过年前的那半个月，你爸他天天在厂里加班到半夜，累得腰都要直不起来了，你要体谅，要多理解你爸，知道吗？

游勇朝叶娜会心一笑，说，知道，爸辛苦了，妈你也辛苦了，你们俩都辛苦了。

几个人又端起了酒杯，碰撞在一起，父亲喝过酒后红彤彤的脸庞，在酒杯的映照下放射着满足的光芒。

这一年又一年。游勇和叶娜无论有多忙，都会在过年前一天，赶回故乡的餐桌上。每年，他们都会讲上一个或是几个从前的故事，对于每个新的一年来说，每一个过去的时光，都会是从前的故事。而在某一年的过年前，他们的身边又不期然地多了一个人，是游勇和叶娜的孩子，他们的儿子。他们给儿子取名叫春天，游春天。春天是美好的季节，春天又是万物复苏充满希望的季节。

这一年的过年前一天，餐桌上的气氛多少有点沉闷。一桌子的饭菜，仍是母亲操持出来的，哪怕游勇和叶娜再三说我们来吧，母亲还说坚持让她来，在旁的父亲也朝他们使眼色，示意由他们的母亲来。这几个月来，母亲出出进进，住了好几个月的医院，情况没有想象中的好。

过年前的几天，母亲坚持说要出院，还说我不可能在医院里过年吧？游勇实在拗不过母亲，只好给她办了出院，把母亲接回了家。

屋里暖暖的，空调和暖气也都打足了，三四岁的游春天穿着一件薄薄的小毛衣在几个房间里窜来窜去，直到叶娜叫住他，他才举着新买的一把小型塑料冲锋枪在椅子上坐了下来，一双小脚还有几分不安定地蹬来蹬去，母亲不无担心地说了句，穿这么少，春天不会着凉吧？游勇说，不会的，妈，你还是多照顾好你自己吧。

桌上有菜，也有酒。酒一直就是父亲的最爱，酒是母亲给他拿上桌的。父亲却没动。父亲说，戒了，以后我也不会再喝了。母亲笑父亲，怎么像个孩子一样，难道你比春天还小呀。母亲给父亲打开了酒，给他倒了满满一杯，又给游勇、叶娜，还有自己倒了一些。母亲说，大过年的，大家一起喝点酒助助兴。母亲端起了酒杯，其他几只端着酒杯的手有几分犹豫，又有几分颤抖，最后还是碰撞在了一起。

　　母亲喝了一小口酒，难得的就像回到了记忆深处，说，记得那一年呀，也是这样的一个过年前一天，你爸他拿着酒还带着菜上我家来，那时我和你爸刚认识没几天，还是媒人给介绍的，说这小伙人长得周正，还爱干活……媒人把你爸说的是天好地好的，但人到了我跟前，我这心就一凉，心里说这人咋这么黑呀。父亲讪讪地在旁笑，那些天我在砖瓦厂帮干活呢，大太阳天天暴晒，能不黑吗？母亲不理父亲，继续说下去，那小伙讲话也哆哆嗦嗦。说心里话，我是压根没看上。但因为乡里乡亲将来抬头不见低头见的，当时也没来得及直接回绝，嗯！你爸他自个儿就上门来了，还是过年前这样的日子，也不能把人往外推不是。我就和你爷爷悄悄讲，灌他几杯酒，想办法赶紧把他给劝走。谁知道几杯酒下了你爸的肚，你爸居然就给喝醉了，整个人趴在桌子上说靠一会的，很快呼噜声就出来了。这人都睡熟了，那不好赶了呀！我跺着脚想，这人也忒没劲了吧，明明知道自己酒量差，就不要喝那么快呀，脑子里怎么一点轻重都没有呢！但我心里埋怨归埋怨，也改变不了这样的一个既定事实，特别是你爸在这样一个过年的晚上睡在我们家，被人看到肯定会产生不好的遐想。所以，原本还准备第二天早上，趁四邻还没起来时，想办法把他打发走。谁知道，在我起床时，你爸早就起来了，正帮着你外公在院子里劈柴火呢！这么冷的天，你爸的额头上已经冒出了汗珠！后来我问你外公，你外公说你爸死皮赖脸地非要抢过斧头，说劈柴火他最拿手，怎么拦也拦不住。后来，我就这么嫁给了你死皮赖脸的老爸……

父亲的脸上猛地跳出了一缕笑，但这缕笑，很快又像被熄灭的灯火。父亲说，都这么多年过来了，别多想了，你一定要好好地。

电话在这个时候响起，吓了游勇一大跳，李医生，您好，您说。游勇客气地说着话。什么？北京的医疗专家组要来省里会诊我妈的病？那我妈的病是不是还有希望了？对，对，我们一定好好配合……好的，那我等您消息，后天？没问题，我妈随时可以来医院的……谢谢，谢谢您，李医生，新年快乐！电话挂了，游勇打得满脸泪花。妈，李医生说您的病大有希望，北京的医疗专家组要亲自来会诊您的病，妈……

母亲说，听见了，我都听见了。母亲的眼里也噙满了泪花，不知什么时候，父亲已经站起，还端起了酒杯，说，这杯最后的酒，我喝了，为你妈的这个好消息，以后我再也不喝酒了，以后我所有的任务就是照顾你妈，照顾好你妈……

好，好，母亲说，老头子，记住你今天说的话哈。

游勇和叶娜也乐呵呵地，看着眼前的这一幕。

下雪了，下雪了，爷爷奶奶，爸爸妈妈……

游春天抬起头时，不由得惊呼，外面不知何时，已经飘起了羽毛般飞舞的雪花。已经有好几年没下雪了，像盼望了多年，终于盼来的一个美好心愿。

瑞雪兆丰年，明年一定会是个祥瑞年！

发表于《当代人》2023 年 6 期